KB076033

나의 잠과는 무관하게

나의 잠과는 무관하게

강성은 소설

차례

버스 정류장

정류장 벤치에는 여자 둘이 앉아 있었다. 백색 가로등 하나가 켜졌을 뿐 주위는 깊은 어둠에 잠겨 있었다. 두 여자는 벤치 가장자리에 따로 떨어져 앉았는데 말없이 버스를 기다린 지 꽤 오래였다. 마치 무언극이 진행되는 무대 위의 배우들처럼 정지한 채였다. 시골 교외를 한바퀴 도는 버스는 길 위에 사람들이 하나둘 사라지는 밤이 되면 배차 간격이 더 길어졌다. 표지판에 적힌 버스 시간표대로라면 8시 정각에 막차가 도착해야 했지만 차는 오지 않았다. 멀리서 누군가 어둠 속을 다급하게 걸어오는 소리가 들렸다. 헐떡거리며 나타난 젊은 여자는 가쁜 숨을 몰아쉬며 허리를 굽히고 말했다.

차, 아직 있어요?

네.

시계와 전화기를 번갈아 보며 등산복 차림의 여자가 말했다.

막차가 아직 안 왔어요.

휴, 다행이다.

막차가 아직 오지 않았다는 사실에 긴장이 풀린 여자는 쓰러지듯 벤치 중앙에 주저앉았다. 젊은 여자의 한 발엔 슬리퍼, 한 발엔 구두가 신겨 있었다. 거친 숨소리는 서서히 잦아들었다.

8시 15분.

막차가 떠난 게 아닐까요?

그럴 리 없어요. 난 여기서 한시간째 기다리고 있어요. 버스는커녕 지나가는 개 한마리도 못 봤어요.

등산복 차림의 여자가 심드렁하게 말했다.

아무래도 전화를 해봐야겠어요.

버스 회사에 아까부터 전화를 했는데 안 받아요. 퇴근

한 것 같아요.

벤치에 앉은 세 명의 여자는 희미한 가로등 불빛 아래서 한참을 앉아 있었다. 막차는 오지 않을지도 모른다. 불빛과 어둠이 뒤섞여 셋의 얼굴에는 음영이 드리웠다.

버스가 끊긴 게 확실해요.

등산복 차림의 여자가 주섬주섬 가방에서 담배를 꺼내 물었다.

저도 하나만 주실 수 있을까요?

한마디도 안 하던, 모자를 눌러쓴 여자가 조심스럽게 물었다.

둘이 담배를 피우는 동안 침묵이 흘렀다. 아까부터 불안하게 지직거리던 형광등이 꺼져버리자 온통 어둠뿐이었다.

8시가 지났을 뿐인데 어쩌면 이렇게 캄캄할까요. 세상의 불이 다 꺼져버린 것 같아요. 여기가 정류장인 걸 버스 기사가 알아볼까요?

슬리퍼와 구두를 신은 여자가 근심 섞인 목소리로 말했다.

버스는 오지 않을 거예요. 벌써 8시 30분이에요.

모자를 눌러쓴 여자가 말했다.

택시를 불러봐야겠어요.

등산복 차림의 여자가 다시 전화기를 꺼내들었다.

셋이서 요금을 나눠 내는 거 어때요?

슬리퍼와 구두를 신은 여자가 울상을 하고 말했다.

택시비는 얼마나 나올까요?

아무도 대답하지 않았다.

네, 여기가 어디냐면 미소리 정류장이라고 적혀 있어요. 아세요? 저도 잘 몰라요. 물어보세요. 네, 이곳으로 와주세요.

등산복 차림 여자는 전화를 끊고 휴대폰 불빛을 조명 삼아 켜두었는데 얼마 후 배터리가 얼마 남지 않았다며 휴대폰을 껐다. 한참을 기다려도 택시는 오지 않았다.

구조 요청이라도 해야 하는 게 아닐까요?

어디? 경찰서? 119?

누구 와달라고 할 사람 없어요?

슬리퍼와 구두를 신은 여자가 머뭇거리며 말했다.

사실 애인과 저녁 먹으러 교외로 나왔다가 싸우고 차에서 내렸어요. 화가 나서 급하게 내리는 바람에 신발도 제대로 못 신었고 지갑도 없어요. 난 여기가 어딘지도 모르겠어요.

　여자의 목소리는 울분에 차 있었다.

　여기가 어딘지 모르는 건 나도 마찬가지랍니다. 함께 등산 왔던 일행을 잃어버렸어요. 새로 산 등산화 때문에 뒤꿈치가 까져서 혼자 뒤처졌거든요. 인터넷 산악회 모임 사람들이었는데 오늘 아침 처음 만났어요. 어차피 나 빼곤 모두 서로 아는 사람들 같아서 다시 돌아갈 필요는 없었죠. 산에서 내려와 길을 따라가다보니 여기 정류장이 나타나더군요.

　등산복 차림의 여자가 말했다.

　그 사람이 내가 신발도 짝짝이로 신고 이 꼴로 내린 걸 모를까요?

　알든 모르든 무슨 상관이에요?

　안다면 지갑이라도 전해주고 갈 사람인데.

　그런데 도대체 이 버스 정류장은 누가 이용하는 걸까

요? 근처에 마을도 없는 것 같은데.

쥐새끼 한마리도 보이지 않고.

지나가는 차도 없고.

버스는 하루에 다섯번 와요. 아침 6시, 오전 9시, 오후 1시, 오후 4시, 저녁 8시.

모자를 눌러쓴 여자가 말했다.

어떻게 알아요?

집이 근처예요?

제가 여길 지나다니는 버스 기사예요.

모자 쓴 여자가 아무렇지 않은 듯 말하자 등산복 여자와 슬리퍼 여자는 놀라서 쏘아붙였다.

뭐라고요?

그걸 왜 이제 말해요?

버스 안 올 거라고 했잖아요.

모자를 눌러쓴 여자는 눈이 보이지 않아 표정을 알 수 없었다.

여기서 뭐 해요?

버스 기다려요.

버스가 어디 갔는데요?

누가 훔쳐갔어요.

누가?

몰라요. 잠깐 세우고 정류장 너머에 모과를 주우러 다녀왔는데 버스가 없어졌어요.

승객은 없었어요?

네, 원래 승객이 별로 없어요.

누가 보고 있다가 훔쳐간 게 분명해요. 승객이 어딘가에 숨어 있었을지도 몰라요.

그럼 버스가 혼자 달려갔겠어요?

등산복 여자는 슬리퍼 여자에게 핀잔을 주었다.

신고해야죠.

어디에? 경찰서? 119?

어디라도.

경찰서에 전화해봤는데 전화를 받지 않아서 관뒀어요. 너무 허탈하기도 하고.

아니 어떻게 버스를 내버려두고 모과를 주우러 갔어요?

모과를 얼마나 주웠길래?

하나도 못 주웠어요.

왜요?

모과나무가 없었어요. 버려진 밭 뒤에 산으로 이어지는 오솔길만 나오길래 조금 걷다가 나왔어요. 평소에 여길 지나갈 때마다 늘 궁금했거든요. 모과향이 좋아서. 분명히 모과가 있을 줄 알았는데.

그럼 그건 무슨 냄새였을까요? 모과가 아니라면.

모과향은 분명해요. 내가 모과를 못 찾은 것뿐이에요.

지금은 모과향이 나지 않는데?

셋은 킁킁거리며 어둠 깊숙이 코를 쑤셔넣었다. 주변을 둘러보던 슬리퍼와 구두를 신은 여자가 소리쳤다.

저기 오는 거, 차 아녜요?

돌아보자 멀리서 불빛 하나가 보였다.

이쪽으로 오고 있어요.

아까 부른 택시가 우릴 찾아냈나봐요.

아니, 택시가 아니라 버스예요.

당신이 잃어버린 버스가 돌아왔나봐요.

셋이 마구 손을 흔들었다.

천천히 그들 앞에 당도한 것은 환하게 불 켜진 버스였다. 너무 환해서 마치 영화의 한 장면을 보는 것처럼 느껴졌다.

저건 내가 잃어버린 버스가 아니에요.

모자를 눌러쓴 여자가 기운 없는 목소리로 말했다.

버스 문이 열리고 기사가 고개를 내밀며 물었다.

안 타요?

잠시만요.

슬리퍼와 구두를 신은 여자가 한걸음 뒤로 물러나며 말했다.

지금 버스를 타면 안 될 것 같아요. 아무래도 애인이 날 찾아 헤매고 있을 것 같아요. 어쩌면 아까 그 자리에서 계속 기다리고 있을지도 몰라요. 길을 잃어버렸을 땐 한자리에 계속 머무는 게 찾는 사람에게 도움이 된대요.

당신은 지금 길을 잃은 게 아니잖아요. 정신 차려요.

등산복 차림의 여자가 딱하다는 표정으로 말했다.

모자를 눌러쓴 여자도 기다렸다는 듯 말했다.

저도 여기 그냥 있을래요. 버스를 찾으러 어디로 가야

할지 모르겠어요. 여기 있다보면 버스가 저절로 돌아올 것 같기도 하고.

버스가 저 혼자 힘으로 간 것 같아요? 버스가 저 혼자 힘으로 돌아올 수 있을 것 같아요?

어쩌면 버스가 혼자서 돌아올 수도 있지 않을까요?

등산복 여자는 말문이 막혔는데 순간 그들이 오늘 처음 만난 사람들이라는 걸 깨달았다.

둘 다 맘대로 해요, 그럼. 어차피 당신들 인생이니까.

여자는 뒤도 돌아보지 않고 불이 환하게 켜진 버스에 올라탔다.

이제 출발하면 됩니까.

기사가 퉁명스럽게 말했다.

버스가 출발하자 모자 쓴 여자와 슬리퍼 여자가 어둠 속으로 서서히 미끄러지듯 멀어졌다.

버스 안에는 많은 사람들이 빼곡하게 자리를 채우고 앉아 있었다. 다들 지치고 피곤해 보이는 얼굴로 잠들었거나 휴대폰을 보거나 창밖을 바라보고 있었다. 환한 불빛 아래선 너무나 잘 보였다. 모두 같은 방향을 향해 가고 있었다. 어두운 곳에서 썩은 모과가 계속 자라고 있다.

나무 위에 있어요

나무에 새가 있었어.

진서가 밥을 먹다 말고 말했다.

어젯밤에 새가 날아와 창문을 두드렸어.

그래? 너랑 친구 하고 싶나보구나.

미정은 진서의 가방에서 수첩을 꺼내 읽어보았다. 미열이 있으니 따뜻한 물로 목욕하고 해열제를 먹여서 일찍 재워주세요,라고 적혀 있었다.

아니야. 새는 내 눈알을 쪼아 먹으려고 온 거야.

니가 잠을 안 자니까 그렇지. 새는 눈 감고 자는 아이들한테는 그런 짓 안 해.

미정은 진서의 이마를 짚어보았다.

너 어제 열 있었어?

응.

왜 말 안 했어?

까먹었어.

빨리 먹어. 지각하겠다.

미정은 진서의 등 뒤로 가서 머리끈으로 대충 진서의 머리를 묶었다.

나 머리는 언제 감아?

오늘 밤에, 오늘 밤에 머리도 감고 따뜻한 물로 목욕도 하자. 욕조에서 네가 좋아하는 요구르트 젤리도 먹고 오리랑 배도 띄우자.

미정은 서둘러 옷을 입고 밥을 다 먹지도 못한 진서를 데리고 밖으로 나갔다.

나무 위에 고양이가 있었어.

고양이는 높은 곳에도 잘 올라가니까.

그런데 고양이가 토토랑 닮았어. 내가 문을 열어놓은

것 때문에 토토가 화가 나서 날 할퀴려고 온 거야.

진서는 갑자기 울음을 터트렸다.

토토는 일년 전 기르던 고양이다. 애초에 고양이를 데리고 온 게 잘못이었다. 고양이를 키우는 일은 쉽지 않았다. 내 몸 하나 건사하기도 힘든데 무슨 생각으로 고양이를 데려온 건지. 유치원 짝꿍인 재민이네 고양이가 새끼를 낳았다고 한마리만 데려오자고 진서가 계속 졸랐다. 그럼 네가 고양이를 돌봐야 한다고 신신당부하고 약속도 했지만 고양이를 돌보는 건 미정의 몫이었다. 어느 날 퇴근한 미정이 현관문을 열자 진서가 제 방 안에서 고양이 배설물과 한데 뒤엉켜 잠들어 있었다. 화가 머리끝까지 난 미정은 조용히 고양이를 안고 집 밖으로 나왔다. 고양이를 아파트 뒷산 산책로에 버려두고 돌아와 태연한 목소리로 진서를 깨웠다. 문이 열려 있었고 고양이가 문밖으로 나간 것 같다고 했다. 돌이켜보니 그런 말을 하는 게 아니었는데. 그게 벌써 일년 전의 일인데 진서는 아직도 토토를 기다리나보다. 미정은 마음이 불편했다.

고양이는 생김새가 다 비슷하잖아. 어두워서 잘 보이지

도 않았을걸.

아냐, 확실히 노란 고양이였어.

노란 고양이가 토토뿐이니. 지나가다 보면 길가에 노란 길고양이가 얼마나 많은데.

나 길에서 진짜로 토토를 본 적이 있어.

언제?

저번 저번에 아파트 놀이터에서. 토토, 토토, 큰 소리로 불렀는데 골목으로 들어가버렸어.

그건 토토가 아닐걸. 토토였으면 너한테 달려왔을 거야.

진서는 눈물을 닦고 다시 밥을 먹기 시작했다.

어서 먹고 유치원에 가야지.

미정은 진서의 머리를 묶으며 정수리의 냄새를 맡아보았다.

어제는 엄마가 정말 바빠서 목욕을 못했어. 미안해. 오늘 밤엔 꼭 목욕하자. 목욕하고 나서 네가 좋아하는 피자도 먹자.

미정은 진서를 유치원 차에 태워 보내고 관리사무소로 갔다.

안녕하세요. 202동 306호인데요. 저희 집 앞에 키 큰 나무 있잖아요. 그게 무슨 나무죠?

아, 왕벚나무요. 이제 곧 꽃이 필 거예요.

관리소장은 어딘가 자신 있는 목소리였다.

밤에 고양이가 나무 위에 올라가서 시끄러운데 나무를 베면 안 될까요?

고양이요? 우리 아파트 고양이들 다 중성화해서 조용하던데?

나무 때문에 집에 빛도 잘 안 들고 여름에 벌레도 꼬여요. 우리 집 앞 나무만 베어주세요.

다른 주민들은 그런 말 없었는데? 일렬로 나란히 심은 걸 어떻게 한그루만 베어요?

방법이 없을까요? 진짜 불편해서 그래요.

방역한 지 얼마 안 됐는데. 그럼 오후에 약을 좀 칠게요.

아뇨, 잘라달라고요.

아니, 저렇게 보기 좋은 나무를 왜요? 내 맘대로 자를 수 없는 거예요. 주민들이 동의를 해야 한다구요.

관리소장은 불쾌한 표정이었다.

주민회의에 가서 얘기해보세요. 여기서 이러지 말고.

인터폰이 울리자 관리소장은 짧게 몇마디 하더니 황급히 관리사무소를 나갔다. 남겨진 미정은 하는 수 없이 관리사무소에서 나왔다.

그날 밤 미정은 따뜻한 욕조에서 진서의 몸을 씻겼다.

진서야, 여기 무릎에 왜 멍이 들었어? 유치원에서 누구랑 싸웠니?

아니, 그네를 타려고 했는데 윤주가 그만 타라고 하면서 밀었어.

윤주가 왜 그랬지? 다음에 또 그러면 선생님께 말해.

응.

진서는 잠시 골똘히 생각하더니 말했다.

엄마, 오늘 또 토토가 오면 어쩌지? 창문을 열어줘도 될까?

토토가 아니라니까.

토토가 날 할퀴려고 온 게 아니고 내가 보고 싶어서 왔을지도 모르잖아.

미정은 마른 수건으로 진서를 닦고 드라이어로 머리를 말려주었다.

오늘은 네가 잠들 때까지 엄마가 책을 읽어줄게.

미정은 진서의 옆에 누워 동화책을 읽어주었다. 진서는 오랜만에 기분이 좋아 보였다. 진서의 침대에 누우면 창밖이 잘 보였다. 미정은 책을 읽으며 진서가 잠들었는지 이따금 확인하면서 창밖을 보았다.

나무 위에 사람이 있어.

나뭇가지야, 바람이 불어서 나뭇가지가 흔들려서 사람처럼 보이는 거야.

미정은 침착하게 말했다.

여자야. 그 여자가 창문으로 들어오려고 했어.

엄마가 어제 네 옆에 누워 있었잖아.

아니, 엄마 없을 때. 나 혼자 자고 있을 때.

진서는 밥을 씹으며 아무렇지 않게 말했다.

그 여자가 창가에서 노랠 불렀어. 엄마 그 노래 알지? 꽃 속에 낮잠을 잔다, 하는 노래.

모르겠는데?

내가 세살 때 엄마가 불러줬잖아.

세살 때?

응. 엄마가 불러준 노래 난 기억해.

알겠어.

엄마가 어제 읽어준 동화책도 다 기억하는데. 난 다 기억해.

미정은 말없이 진서가 밥을 다 먹을 때까지 기다렸다.

엄마 우리 늦었지?

괜찮아. 밥 천천히 먹어도 돼.

미정이 퇴근해 집으로 돌아오자 옆동에 사는 도우미 아주머니가 집으로 돌아갔다. 진서는 제 방에서 잠들어 있었다. 아이를 깨울까 하다가 미정은 침대에 걸터앉아 생각에 잠겼다. 진서는 무얼 더 기억하고 있을까. 내가 잊어버리고 잃어버린 것들은 또 얼마나 될까. 아이가 계속해서 자란다는 사실이 무서워졌다. 문득 고개를 들어 창밖을 보았는데 나무 위에서 누가 이쪽을 보고 있었다. 홀린 듯 미정이 다가가 창밖을 보니 나무 위에 진서와 토토가 앉아 있었다. 미정은 심장이 내려앉는 것 같았다. 진서를 향해 손을 뻗자 유리가 미정의 손을 막았다. 얼음장처럼 차가웠다.

의자 도둑

의자들은 아주 오랫동안 그 길 위에 있었다. 처음에는 하나가 다음엔 둘이, 셋이. 시간이 지나며 하나씩 늘더니 열개가 넘게 되었다. 하나가 부러지면 누가 집에서 하나를 가지고 오고 또 하나가 부러지면 근처 재활용가구를 버리는 곳에서 누가 하나를 주워 왔다. 그러다보니 마을에서 의자를 새로 산 사람은 밤사이 헌 의자를 그 틈에 세워두었다. 새로운 의자를 발견하면 신입이 들어왔네, 하고 누군가 말했다.

아직 튼튼한데 누가 버렸지? 누가 말하면 천사가 버리고 갔나보지, 누가 말했다.

장마철 의자들이 비를 맞고 있으면 누군가 비닐로 덮어 놓았다. 겨울철 눈이 쌓이면 지나가던 사람이 다가와 쌓인 눈 위에 장갑 낀 손으로 누군가의 이름을 썼다가 쓱 치우고 지나갔다. 가을에는 낙엽이 떨어져 수북이 쌓였다. 봄이 오면 겨우내 집 안에 있던 사람들이 몰려나와 빈 의자를 찾기가 어려웠다. 밤이면 길고양이들이 모여 앉아 잠을 잤다. 가끔은 취객이 의자에서 구부린 채로 새우잠을 자기도 했다. 아침에 누가 와서 깨울 때까지.

맥주 이름이 새겨진 초록색 플라스틱 의자, 등받이가 구부러진 의자, 등받이가 떨어져 나간 의자, 팔걸이가 떨어진 흔들의자. 크레파스 낙서가 가득한 의자, 못에 콕콕 찍힌 의자. 푹신한 방석이 달린 의자, 교실에 있던 나무 의자, 바퀴가 하나 빠진 사장님 의자, 어딘가 아귀가 맞지 않아 삐걱대는 벤치. 모두 제각각이었지만 잃어버린 제자리를 찾은 듯 천천히 자연스러운 풍경의 일부가 되었다.

의자들이 모인 길은 마을 어귀, 수령이 백년도 넘는 느티나무의 그늘이 드리워진 곳이었다. 아침저녁으로 주민들이 그 길을 지나갔고 의자에 앉은 사람들은 정확히 누가 그 길을 지나가는지 알았다. 오늘은 철물점 박씨가 보이지 않는군. 어디 아픈가. 말하기도 했고 슈퍼집 애는 학교 마칠 시간이 한참 지났는데 왜 아직도 안 보이지? 말하기도 했다. 길을 물어보는 사람에게는 물 한잔을 건네기도 하고 처음 보는 사람이 마을에 들어서면 뉘 집 찾아요? 묻기도 했다. 의자에 앉은 것은 주로 노인들이었다. 아침부터 앉아 있는 사람, 점심 먹고 나오는 사람, 하루 종일 앉아 있는 사람, 저녁이 되어도 집에 돌아가지 않는 사람이 있었다. 여름에는 밥을 싸 와서 나눠 먹는 사람도 있었고 싸움이 나면 몰려가 참견하기도 했다.

어느 날 아침 제일 먼저 의자에 앉으려고 왔던 김은 뜻밖의 풍경에 놀랐다. 의자들이 모두 사라져 있었다. 의자들이 사라져 빈자리가 된 곳에서 김은 어쩔 줄 몰라 서성였다. 최도 신도 이도 구도 나왔지만 김처럼 당황한 기색을 감추지 못했다. 어제 저녁에만 해도 여기 있던 의자들이 몽땅 사라지다니, 이상한 일이었다.

세상에, 의자가 모두 어디로 갔을까요.

의자가 발이 달린 것도 아닌데 어딜 갔겠어요.

의자에 발이 달리긴 했잖아요.

그건 발이 아니잖아요. 움직일 수도 없는데.

하늘로 솟았나 땅으로 꺼졌나. 거참.

누가 훔쳐갔나봐요.

그런 낡은 의자를 누가 훔쳐가요.

혹시 재활용가구 수거차가 와서 싣고 간 게 아닐까요.

오늘은 수요일이잖아요. 재활용가구 수거차는 금요일
에만 오는 걸요. 의자에 재활용 딱지도 안 붙었고.

그럼 도대체 누가 의자를 가지고 갔을까요.

아무도 알 수 없는 일이었다.

파출소에 신고하는 건 어떨까요. 정순경이 훔쳐간 놈을
잡아줄지도 모르잖아요.

누가 버린 의자를 잃어버렸다고 신고해요? 우리가 의
자 주인도 아니고.

길가에 내놓은 의자에 주인이 있나요.

그러니까요. 주인도 아닌데 어떻게 잃어버려요.

최가 답답하다는 듯 혀를 찼다.

의자가 사라진 자리에 어두운 표정의 노인들만 어정쩡하게 서 있는 아침이었다. 구가 조심스럽게 말했다.

우리가 여기 모이는 걸 싫어하는 사람들이 있어요. 난 진작부터 알았어요.

왜요?

늙은이들이 모여 앉아 죽치고 있는 게 귀신을 보는 것 같대요.

우리가 죽기라도 했나요?

죽기를 바라는 모양이네요.

입을 삐죽이며 최가 말했다.

귀신이라뇨. 우리가 얼마나 떠드는데요. 이렇게 시끄러운 귀신도 있어요?

흥분한 이가 소리를 높이자 모두 한마디씩 하며 소란스러워졌다. 그러는 사이 윤과 정과 박이 합류했다.

여러분, 좀 조용히 해보세요. 그렇다면 더더욱 이 사건은 그냥 넘어갈 일이 아니에요. 의자 도둑을 꼭 잡아야 해요.

다들 고개를 끄덕였다.

혹시 의심 가는 인물이라도 있나요? 최근에 수상한 인물이 여기 온 적은 없고?

다들 아무 말 없이 어제와 지난주와 한달 전을 떠올려봤지만 기억나는 것이 없었다.

난 어제 몇시에 잤는지도 기억이 안 나.

신이 잠에서 덜 깬 표정으로 말했다.

의심스러운 사람이 없다면 이제부터 찾아봐야죠.

내 생각엔 한명이 아닌 것 같아요. 하룻밤 사이에 그 많은 의자들을 가져가려면 혼자서는 할 수 없었을 거예요.

그럼, 혼자선 다 옮길 수 없지. 여럿이 같이 한 게 분명해요.

무서운 일이 벌어지고 있다는 예감에 노인들의 표정이 심각해졌다.

계속 서 있었더니 다리가 아픈데 지금 집에서 의자를 가지고 와서 앉으면 안 될까요?

바닥에 쪼그려 앉으며 신이 말했다.

우리 집엔 남는 의자가 없어요.

돗자리라도 가지고 오면 되죠.

안 돼요. 여기가 무슨 유원지도 아니고. 이러니 사람들
이 싫어하죠.

김이 인상을 찌푸리고 결연하게 말했다.

이제 우리는 의자에 앉아 시간을 보내던 늙은이들이 아
니에요. 마을을 감시해야 해요. 의자 도둑을 잡으려면 태
평하게 의자에 앉아 있을 겨를이 없어요. 그러지 말고 마
을을 둘러봅시다.

김의 말에 다들 고개를 끄덕이며 각자 뒤돌아 수없이
뻗어나간 골목으로 흩어졌다.

저녁이 되자 윤이 의자를 하나 들고 와서 앉았다. 정도
의자를 들고 나타났다.

마침 우리 집에 흔들리는 의자가 하나 있었어요.

우리 집에도 아들이 어릴 때 쓰던 책상 의자가 있어서.

다음 날이 되자 박이 의자를 들고 나타났다.

옆 동네까지 가보니 거긴 버린 의자가 세개나 있던 걸
요. 다 들고 올 수 없어서 얼마나 아쉽던지.

진짜예요? 의자가 너무 새 건데.

무슨 소리야. 요즘은 새 의자를 버리는 사람도 얼마나 많은데. 그 동네는 특히 더 많더라구.

새 의자를 왜 버려요?

요즘은 눈 깜박할 사이에 새 의자가 헌 의자가 돼. 우리가 보기엔 새 의자 같아도 그 사람들이 보기엔 아닌 거지.

참 요상한 사람들이네.

의자는 그렇게 하나둘 다시 자리를 차지하기 시작했다. 김 혼자서 탐정처럼 이 집 저 집 쑤시고 다녔지만 아무런 성과도 없자 어디서 의자 하나를 구해 일주일 만에 돌아왔다. 의자 도둑 사건은 잊을 만하면 화제에 올랐지만 노인들은 새로운 의자보다 더 빨리 늙어갔고 몇 해가 지나자 의자 도둑 사건을 기억하는 사람은 절반밖에 남지 않았다. 김도 이도 최도 윤도 박도 정도 사라졌다. 그들이 앉았던 의자만 그 자리에 남아 있었다.

길에 사람 하나 없는 8월의 대낮, 쌀을 배달하러 왔던 누군가 의자를 발견하고 다가와 땀을 닦으며 앉았다.

왜 의자들이 이렇게 많이 놓여 있지요?

먼저 앉아 있던 누군가 대답했다.

글쎄요. 아주 오래전부터 의자들은 계속 여기 있었어요. 이상하게도 못 보던 의자들이 점점 더 모여드는 것 같아요.

모여들다니, 재밌는 말이네요. 의자에 발이 달린 것도 아닌데.

아무도 없을 때 의자들은 골똘히 무언가 생각하고 있는 것 같았다. 누굴 기다리는 것 같기도 했다. 그저 의자로서 놓여 있는 것일 뿐인데도. 비가 오면 비를 맞고 눈이 내리면 눈을 맞았다. 비닐을 덮어주는 사람도 눈을 쓸어주는 사람도 없었다. 여름의 태양 아래서 그대로 바래져갔다.

깊은 밤 심상찮은 바람이 불기 시작했다. 태풍이 몰아치자 의자들이 일제히 공중으로 솟구쳤다. 아주 높이 아주 먼 곳으로 날아갔다. 도시를 횡단하고 바다를 건넜다. 태풍이 소멸할 때까지. 사람들은 잠결에 무서운 바람 소리를 들었지만 잠 속에서 나는 소리인지 잠 밖에서 나는 소리인지 몰라 이불을 뒤집어썼다.

어젯밤에 무슨 소리 못 들었어? 누군가 말했다.

아무 소리도 못 들었는데. 누군가 답했다.

겨울 이야기

여자가 버스를 탄 건 저녁 6시 무렵이었다. 겨울이 시작되어 이미 사위가 어둑어둑했다. 여자는 며칠째 잠을 제대로 자지 못했기 때문에 버스를 타자 금세 졸리기 시작했고 얼마 안 가 약 기운이 퍼지듯 온몸에 감겨드는 따뜻함에 영혼까지 내주고 말았다. 눈을 떠보니 버스 기사가 여자를 툭툭 치고 있었다. 종점이었다. 그는 10분 후에 다시 차가 출발한다 알려주고 서둘러 버스에서 내렸다.

버스 차창 밖에는 밀가루 같은 흰 눈이 내리고 있었다. 벌써 눈이 내릴 때인가. 생경한 풍경을 멍하게 바라보다가 여자는 P에게 전화를 걸었다.

"나 말이야. 버스에서 잠이 들어버렸지 뭐야."

여자는 잠에서 덜 깬 느릿느릿한 목소리로 말했다.

"종점인데 곧 다시 버스가 출발한대. 그런데 지금 눈이 와. 첫눈인가."

그사이 어깨에 쌓인 눈을 털며 승객 몇명이 버스에 올라탔고 기사가 타자 버스는 곧 출발했다.

불빛 하나 없는 외곽의 도로는 어둠으로 가득 차 있었다. 불빛이 스칠 때마다 메마른 나무들 사이로 섬광처럼 눈이 떨어지고 있었다. 환하게 불 밝힌 주유소 앞에서 하늘을 향해 팔을 휘저으며 춤추는 키 큰 바람인형들 사이로도 눈이 떨어지고 있었다. 여자는 어둠과 빛이 교차되는 창밖을 뚫어지게 바라보다 저도 모르게 잠에 빠졌다.

"손님, 어디 가세요?"

버스 기사가 한심하다는 듯 여자를 내려다보고 있었다.

겨우 눈을 뜬 여자가 사방을 둘러보았다. 어둠 속에 드문드문 불빛들이 보이고 여러대의 버스들이 늘어서 있었다. 아까 그녀가 도착했던 종점이었다.

"어디서 내려야 하느냐고요."

버스 기사가 인상을 찌푸리며 다시 물었다.

"시청에서 내려야 하는데……"

말이 끝나기도 전에 버스 기사는 정신을 대체 어디다 두고 다니는 거야,라고 투덜거리며 버스에서 내렸다. 여자는 고개를 푹 숙이고 전화기를 만지작거렸다. P에게 뭐라고 말해야 하지? 시계는 벌써 9시 20분을 가리키고 있었다.

잠들기 전까지만 해도 싸락눈이 내렸는데 이제 제법 큰 함박눈이 되어 바닥에 쌓이고 있었다.

"미안해. 나 다시 종점에 와버렸어"라고 문자를 보냈다.

그는 "저런…… 별일 없는 거지?"라고 답을 보내왔다.

여자는 뭐라고 답을 보내야 할지 몰라 잠시 망설이다 그대로 휴대폰을 닫아버렸다. 시청에 도착할 때까지 30분 정도만 깨어 있으면 된다.

다시 버스가 출발했고 여자는 잠을 자지 않으려고 가방에서 얇은 잡지를 꺼내 펼쳤다. 하지만 잡지의 글자가 눈에 들어오지 않아 이내 다시 차창 밖을 바라보았다. 같은 길인데도 눈이 쌓여서인지 처음처럼 낯설었다.

다시 눈을 떴을 때 버스 기사는 심각한 얼굴로 여자를 내려다보고 있었다.

"이봐요, 어디 아픈 거 아녜요?"

여자는 울고 싶은 심정이 되어 입속의 말을 우물거렸다.

"119라도 불러야 되나?"

"그런 게 아니라 제가 어젯밤에 잠을 못 자서……"

실제로 여자는 울고 있었을지도 모른다.

버스 기사는 이해할 수 없다는 표정으로 고개를 흔들며 다시 버스에서 내렸다.

여자는 생각했다. 정말로 내가 어디가 아픈 건 아닐까? 머리가 어떻게 된 것 같아.

P에게서 몇 통의 전화가 와 있었다.

"나 종점에 있어."

"왜 또 거기 가 있는 거야?"

"잘 모르겠어. 버스에서 계속 잠이 와."

"그러지 말고 버스에서 내려서 택시를 타."

"버스가 너무 따뜻해서……"

P는 더이상 문자를 보내오지 않았다.

여자는 오늘 밤 P에게 할 이야기가 있었는데 도무지 기억이 나지 않았다. 정말 나한테 무슨 일이 생긴 건 아닐까. 모든 것이 이 따뜻한 버스 때문에 생긴 일이라고 여자는 생각했지만 꼭 그것 때문만은 아닐지도 모른다. 어두운 하늘에서 흰 것이 마구 떨어지고 있었는데 이런 밤이 처음이 아닌 것 같았다. 반복되는 꿈속에 있는 것처럼.

P는 그날 L을 네시간이나 기다렸지만 그녀는 오지 않았다. 그날 이후 L을 만난 적이 없다. 오래전의 이야기다. 옆자리의 모르는 여자가 P의 어깨에 얼굴을 완전히 파묻고 잠들어 있다. 전철에서, 버스에서, 무언가에 홀린 듯이 잠 속에 빠져 있는 여자들을 볼 때 가끔 생각한다. L은 그날 잠에서 내렸을까. 아니면 여전히 잠 속에 있을까.

사라진다는 것

오늘 또 슬리퍼를 사야 되네.

1이 한숨을 내쉬며 말했다.

슬리퍼가 닳았어?

아니, 슬리퍼가 자꾸 사라져.

슬리퍼가 사라진다고?

올해 들어 벌써 네번째야.

집 안에 있는 슬리퍼가 어떻게 사라질 수가 있어?

나도 모르겠어. 어느 날 퇴근해서 현관에서 신발을 벗고 갈아 신으려고 보면 있던 자리에 슬리퍼가 없어. 집 안을 다 뒤져봐도 없어.

고개를 갸우뚱하며 5가 말했다.

누가 신고 갔나?

나 혼자 사는 집에서 누가 슬리퍼를 신고 가?

1은 머리를 절레절레 흔들었다.

이상한 일이네.

가끔은 그렇게 믿기 힘든 일이 일어나기도 하더라고.

7이 이해한다는 듯 고개를 끄덕이며 말했다.

한때 나도 시계가 자꾸 사라져서 힘들었거든.

시계가?

거실 벽에 붙어 있던 시계가 왜 사라지는 건지. 사람들에게 얘기해도 도무지 믿어주지 않아서……

갑자기 7의 눈시울이 붉어졌다.

1이 7의 등을 토닥였다.

많이 힘들었구나.

이젠 괜찮아. 벌써 오년 전 일인걸. 어느 날부터 시계는 사라지지 않았어. 왜 그런지 모르겠지만.

듣고 보니 나도 비슷한 일이 있었어.

5가 말했다.

분명히 어젯밤 퇴근할 때 끼고 왔던 장갑이 다음 날 아침에 출근하려고 찾으면 없는 거야.

장갑?

에이, 장갑이라면 분명히 어딘가에 흘리고 들어왔겠지. 나도 이때까지 잃어버린 장갑이라면 한 박스 정도 될걸.

아냐, 분명 밖에서 잃어버린 게 아니라 집 안에서 잃어버린 거야. 밖에서 잃어버렸다면 손이 시려서 금방 알아챘을걸.

하지만 1과 7과 9는 믿지 못하겠다는 눈빛이었다.

이때까지 살면서 가장 많이 잃어버린 물건이 뭘까?

1이 말했다.

우산?

머플러?

라이터?

지갑?

마땅히 다른 것이 떠오르지 않아 모두 생각에 잠겼다.

그때까지 잠자코 침묵하고 있던 9가 조심스럽게 낮은 소리로 말했다.

나는 냉장고가 사라진 적도 있어.

냉장고?

9가 고개를 끄덕였다.

그건 사라진 게 아니라 누가 훔쳐간 거 아닐까?

아니야, 나도 처음엔 도둑이 들었을까 의심해서 집 안 구석구석을 샅샅이 뒤져봤어. 하지만 문은 잠겨 있었고 창문 하나 열려 있지 않았어. 누군가 들어온 흔적도 없었고. 없어진 거라곤 그저 냉장고 하나뿐이었어.

냉장고를 들고 가려면 건장한 남성이라야 할 텐데.

아니, 냉장고는 그냥 그 자리에서 순간이동을 한 것처럼 사라진 거야.

9가 확신에 찬 목소리로 말했다.

신고했니?

아니, 그 냉장고는 사용하지 않는 냉장고였어. 그 집에 이사 오기 전부터 빌트인 냉장고가 있었는데 내가 가지고 온 냉장고가 더 예뻐서 그걸 사용했지. 빌트인 냉장고는 창고처럼 물건을 넣어두는 용도로 사용했거든. 신고했어도 믿지 않았을 거야.

이상한 일이네.

난 도저히 믿을 수가 없어.

5가 얘기하자 1과 7도 고개를 끄덕였다.

냉장고는 그냥 사라질 수 있는 물건이 아냐. 시계라면 모를까. 우리 엄마 친구는 집에 와보니 남편이 사라졌다고 했는데 그 얘긴 믿어도 냉장고가 사라졌단 얘기는 못 믿겠다.

7의 얘기에 모두 웃음을 터트렸다.

그럴 줄 알았어.

9는 시무룩한 표정이었지만 아무렇지 않은 듯 대꾸했다.

어쨌든 냉장고는 하나로도 충분해. 전혀 불편함은 없어.

그날 밤 9는 잠자리에 누워 이런저런 생각에 잠겼다.

냉장고는 어디로 사라졌을까. 사라지는 건 죽는 것과 어떻게 다를까. 사물의 수명은 인간과 같을까, 다를까.

9가 아는 세계의 모든 것들이 조금씩 사라져갔다.

9도, 9의 친구들도 아무도 모르는 채로.

공동주택

냄새가 나요. 설명할 순 없지만 알아요. 안 씻어서 나는 냄새예요. 냄새가 배수구를 통해서도 올라오고 환풍기를 통해서도 올라와요. 베란다에만 나가도 냄새가 나요. 아랫집에서 올라오는 거예요. 알고 보니 빈집이래요. 그런데 가끔은 음식 냄새가 올라와요. 청국장 냄새도 나고 카레 냄새도 나고 삼겹살 굽는 냄새도 나요. 저는 팔개월 전에 이사 왔는데 아래층은 벌써 일년째 비어 있대요. 제가 냄새에 시달린다고 하면 다들 제가 이상하다고 해요. 냄새는 바람을 타고 오기도 해 가까운 집에서 나는 게 아닐 수도 있대요. 남편도 냄새는 나는데 우리 집 냄새 같다고 해서 더이상 말 안 해요. 그 사람은 된장찌개와 순두부찌개 냄새도 구분 못하는 사람이에요. 자기 몸에서 냄새 나는 것도 몰라요. 나보고 보통 사람보다 후각이 예민하다고 만 해요. 살면서 이렇게 또렷하게 냄새를 느낀 건 처음이 에요. 천천히 삶이 망가지는 기분이에요. 아무도 이해 못 하는 것 같아서 요즘은 아무 말도 안 해요. 내 삶의 일부로 받아들이려고 노력해요.

여자는 눈물을 글썽이다가 휴지로 닦고 입술을 깨물고 말했다.

제가 너무 예민하다고 말하지는 말아주세요. 그런 얘기 들으려고 여기까지 온 건 아니니까.

아침마다 아래층 피아노 소리에 잠에서 깨요. 아침 8시 부터 피아노를 친다니까요. 아이라면 학교에 갈 시간이고 직장인이라면 출근할 시간인데, 그 시간에 피아노를 치는 걸 보면 백수가 분명해요. 8시부터 시작해서 몇시간이나 치니까요. 아침부터 잠을 설치는 게 힘들어서 아랫집 문 에 써 붙여놨어요. 피아노를 치려면 오후에 치든지 방음

장치를 해주세요. 소음 피해가 너무 큽니다. 이렇게요.

그런데 계속 치는 거예요. 다들 출근하고 집에 없는지 아무도 항의하지 않는지. 어느 날은 못 참고 내려가 문을 두드렸어요. 조용히 좀 해주세요. 소리를 질렀죠.

피아노 소리가 멈추더니 문을 연 사람은 자그마한 할머니였어요. 틀니를 빼놓고 있어서 무슨 말을 하는지 못 알아듣겠더라고요. 자세히 들어보니 빌어먹을 피아노가 없다는 거예요. 들어와서 확인해보라고 하더군요. 들어가봤더니 대낮인데도 어두컴컴하고 할머니 혼자 사는지 오래된 가구들만 몇개 보이는 단출한 집이었어요. 둘러봐도 피아노가 보이지 않더군요. 이상한 일이죠. 피아노 소리는 그 집 문을 두드린 뒤부터 멎었는데 말이에요. 미안하다고 다른 집인가보다 하고 사과했어요. 할머니가 뭐라고 하는데 발음이 새서 다 알아들을 수는 없었지만 빨리 나가라고 하는 것 같아서 나왔어요. 그날 오후엔 아무 소리도 들리지 않았구요.

다음 날 아침 또 피아노 소리에 잠이 깼어요. 아무리 봐도 아래층이 분명해요. 그 집 현관에 귀를 대면 바로 가까이에서 치는 것처럼 잘 들리거든요. 할머니가 피아노를 숨겨둔 게 틀림없어요.

남자는 체념에 가까운 목소리로 말했다.

저는 차라리 피아노 소리면 나을 것 같아요. 클래식이 잖아요. 여기는 일년 내내 캐럴을 들어요. 이젠 지긋지긋 해요. 캐럴 좀 틀어놓지 말라고 했더니 무슨 상관이내요? 얼마나 우울한지 아세요? 말도 못하게 축축 처져요.

밤늦게까지 듣는 거예요?

아침부터 틀어놔요.

아침엔 괜찮지 않아요?

당신도 일년 내내 아침마다 똑같은 음악 들어보라구요. 그것도 슬픈 캐럴송을. 미쳐요.

무슨 곡이죠?

캐럴은 다 똑같아요. 곡명은 중요하지 않다구요.

놀라운 얘기 해드릴까요. 전에 살던 아파트 옆집에는 바퀴벌레를 배양하는 연구원이 살았답니다. 바퀴벌레를 키운다는 걸 그가 이사 나갈 때까지 몰랐어요. 이삿짐 중 웬 상자가 절반이길래 뭐냐고 물어봤더니 바퀴벌레집이라는 거예요. 바퀴벌레 퇴치약을 연구하고 있대요. 세상에 집에서 그런 걸 키우는 사람도 있어요. 우리 집에 바퀴벌레가 나타나도 몰랐어요. 바퀴약 뿌리고 붙이고 얼마나 애를 먹었는데. 그후로부턴 옆집에서 무슨 짓을 해도 놀랍지 않을 줄 알았어요. 그런데 그 사람이 이사 가고 난 뒤에 새로 이사 온 사람은 개를 키우더라고요.

개를 키우는 사람은 많잖아요.

개를 키우는 사람은 많지만 개를 주인으로 모시는 사람은 없잖아요. 옆집 사람은 자기가 키우는 개의 종이에요. 진짜로 우리 주인님이라고 한다니까요. 하루는 복도에서 자고 있길래 깜짝 놀라서 뭐하시냐고 물었더니 주인님에게 쫓겨났대요. 주인님이 잠들면 집에 들어갈 거라고 하더군요. 왜 그렇게 사는지. 물론 제게 딱히 피해 주지는 않죠. 그런데 불안해서 미치겠어요. 옆집에 이상한 사람이 산다는 게. 무슨 짓을 할지 모르잖아요. 자다가 무슨 소리만 들어도 깜짝깜짝 놀라요. 그 집 개는 멀쩡해 보이는데 개주인이 미친 거 같아요.

오, 저는 이해해요. 우리 아파트에도 개를 스무마리 넘게 키우는 사람이 있어요. 그런데 어느 날부터 개주인이 안 보여요. 개 소리만 들려요. 그 사람 혹시 개가 됐나 싶기도 하고.

개들이 안됐어요.

제 고통의 원인은 조금 다른 문제예요. 저는 엘리베이터의 거울이 맘에 들지 않아요. 왜 거울이 그곳에 있는 걸까요? 왜 엘리베이터 안에 거울이 있어야 할까요? 왜 엘리베이터를 탈 때마다 내 얼굴을 마주해야 하는 걸까요? 게다가 밀폐된 공간이잖아요. 특히 한밤중에 엘리베이터를 타면 얼마나 무서운지 몰라요. 거울 속의 나는 내가 아닌데. 눈을 마주치면 나인 것처럼 빤히 나를 보는 게 너무 싫어요. 그래서 출입문 쪽을 향해 서면 내 뒤통수를 보고 있는 게 느껴져요. 뒤통수에 피가 쏠리고 숨을 못 쉬겠어요. 처음엔 엘리베이터에 광고전단지를 잔뜩 붙여놨어요. 몰래 거울도 깼어요. 그런데 내가 한 짓이라는 걸 들켜버려서 이젠 계단으로 다녀요. 처음엔 운동이나 해야지 했는데 피곤한 몸으로 퇴근할 때나 무거운 장바구니 들고 7층까지 계단을 오를 때면 내가 왜 이러고 있나 싶어서 계단에 멍하니 앉아 있기도 했어요. 그래도 엘리베이터는 안 탔어요.

그런데 계단으로 다니기 시작하고 얼마 지나자 더 큰 문제가 생겼어요. 계단을 오르다보면 저도 모르게 계속 올라가요. 딴생각에 빠져서. 사실 아무 생각도 안 하는데. 내가 아무 생각도 하지 않고 있으면 꼭 사람들이 딴생각에 빠져 있다고 해요. 딴생각이 공간이라면 아마 아무도 없는 비상계단 같은 곳인가봐요. 혼자서 계속 올라갈 수도 있고 내려갈 수도 있고 그 자리에 움직이지 않고 있을 수도 있어요. 어쨌든 아무 생각도 안 하는 게 좋아요. 28층까지 올라가서야 더 올라갈 계단이 없다는 걸 알게 돼요. 그러면 오늘도 여기까지 와버렸네, 생각하고 다시 내려와요. 우리 아파트가 100층이었으면 100층까지 올라갔겠죠. 이게 다 엘리베이터의 거울 때문이에요.

우리 집엔 새가 날아와요. 너무 많은 새들이 날아와요. 매년, 매 계절, 어떨 땐 매일. 처음엔 어디선가 쿵 하는 소리가 들려서 옆집인가 했어요. 다음 날도, 그다음 날도 소리가 들려서 살펴봤더니 베란다 유리창에 금이 간 거예요. 뭔가 부딪혔다는 걸 알았죠. 새인가 싶어 아래로 내려가봤는데 바닥에 떨어진 새는 없었어요. 그때부터 잊을 만하면 한번씩 새가 유리창에 부딪혔어요.

한번은 금방 비가 쏟아질 것처럼 실내가 어두워져서 베란다 유리창을 닫는데 멀리서부터 새떼가 저를 향해 돌진해 왔어요. 처음엔 먹구름인가 했어요. 먹구름이 저렇게 낮게 떠 있네 생각하는 순간 새들이 눈앞에 다가와서 유리창에 부딪혀 아래로 모래알처럼 우수수 떨어졌어요. 문고리를 쥐고 온몸을 덜덜 떨고 있었는데 갑자기 다시 해가 나고 날씨가 환해졌어요. 겨우 마음을 진정시키고 1층으로 내려가봤어요. 하지만 떨어진 새는 한마리도 없었어요.

그런데 이 아파트엔 새들이 유리에 부딪히는 일이 자주 있대요. 다들 어떻게 견디나 했는데 주민들이 대수롭잖게 말해요. 멍청한 새가 가끔씩 유리에 부딪혀 죽는다고. 전혀 이상한 일이 아니라고. 멍청한 새가 멍청한 짓을 한 것뿐이라고.

베란다 유리창이 튼튼한지 여기저기 금이 간 채로 몇년을 버티고 있어요. 언젠가는 와장창 깨져버릴 것 같아요. 그런데 새로 유리를 갈아 끼워도 얼마 못 가 또 금이 가겠죠. 작은 새 한마리도 온몸으로 돌진하면 흔적을 남기니까. 왜 새들이 우리 집 베란다로 돌진하는 걸까요. 우리 집이 새들의 버뮤다 삼각지대 같은 걸까요. 그 새들은 모두어디로 간 걸까요. 저는 아직도 모르겠어요. 한밤중에도물 마시러 나왔다가, 화장실에 갔다가 문득 베란다 유리창 앞에 서 있어요.

우리 집에는 버려야 하는 책이 많아요. 전에 살던 사람앞으로 배송된 책이죠. 많을 땐 하루에 열권이 넘어요. 일주일이면 사오십권 정도 되고요. 한달이면 이백권이 넘어요. 전 주인은 죽었어요. 그는 독신자였고 가족도 없어요.

팔 수는 없나요?

그것도 일이죠. 대부분은 팔리지 않는 잡지나 아무도 읽지 않는 책들이에요. 버리려고 분류하고 헌책방에 가져가는 게 더 골치 아파요. 쌓아둘 데도 없고, 쌓아두면 버리는 데 힘이 더 드니까 이삼일에 한번씩은 꼭 가지고 내려가서 버려야 해요. 책이 얼마나 무거운 물건인지 여기 이사 오기 전엔 몰랐어요.

세상에 어떻게 그 집에 살고 있어요?

들어본 얘기 중에 가장 끔찍하네요.

모두들 경악한 얼굴이었다.

무슨 방법이 없나요?

처음엔 보내오는 곳에 일일이 전화를 했어요. 그럼 알겠다고 해요. 그런데 시간이 좀 지나면 다시 또 오기 시작해요.

뭐 하는 사람인데 그렇게 책이 많이 와요?

작가였대요. 내가 이름을 알 만큼 유명한 작가도 아니었는데.

종이가 아깝네요.

나무가 불쌍하네요.

가끔은 죽은 작가와 한집에 사는 기분이 들어요. 여전히 그의 앞으로 매일 책들이 도착하니까. 난 그 집에 살며 그의 책을 정리하고 관리해주는 사람 같다는 생각이 들 때도 있어요.

남자는 울고 싶을 때마다 살짝 웃는 버릇이 있었다.

첫번째 모임이 끝나자 모두 집으로 돌아갔다. 이웃의 불행과 나의 불행을 견주어보며 생각에 빠졌다. 그러나 너무 깊이 빠지지는 않으려고 조심조심 걸으며.

현관문을 열고 집 안으로 들어가려고 할 때 남자는 알았다. 오늘은 책이 한권도 도착하지 않았군. 이상한 일이네. 문을 닫고 복도 이쪽 끝에서 저쪽 끝까지 샅샅이 살펴봤지만 책이라곤 한권도 없었다. 집 안으로 들어가며 문득 죽은 남자를 떠올렸다. 문 앞에 매일 쌓인 책들이 있어 그는 덜 외로웠을까.

겨울 오후 빛

저 오늘 또 죽었어요.

네?

오늘로 열아홉번째예요.

아.

그래도 오늘은 병원에서 죽어서 그냥 누워 있기만 했어요.

피는 안 흘렸어요?

네, 피 흘리면 지저분해지고 지우기도 힘든데 오늘은 아주 깔끔하게 죽어서 좋았어요. 병실 침대에 누워서 촬영 준비하는 동안 기다리는데 창밖에 눈이 내리더라고요.

눈을 보니까 진짜로 죽을 때 병실에서 눈이 내리는 걸 보면서 죽었으면 좋겠다는 생각이 들더라고요.

진짜 죽음은 다를걸요.

그렇겠죠. 그런데 너무 많이 죽어서, 아니 죽는 역할을 너무 많이 해서 자신이 생겼다고 해야 하나.

죽는 연기할 때 특별한 노하우 같은 거 있어요?

그런 건 없는데.

그럼 무슨 자신이 생겼어요?

진짜로 죽더라도 연기라고 생각하면 별로 무섭지 않을 것 같아요.

가짜로 죽어도 진짜로 죽는 것처럼 하잖아요.

그래도 너무 진지하고 심각하게 죽으면 안 돼요. 소품이니까.

소품?

주인공은 아니니까, 단역이니까. 잠깐 나오고 죽어야 되거든요.

왜 계속 죽는 역할이 들어와요?

죽는 역할만 들어오는 건 아니에요. 살아 있는 역할도

많이 했어요. 그래도 그냥 길가에 지나가는 사람보단 죽는 사람을 한번 더 보게 되잖아요. 보는 사람들에겐 죽는 역할이 더 인상적으로 남아요.

죽는 연습을 해두면 죽음을 좀 편하게 받아들이게 될까요?

나는 이제 진짜로 죽더라도 별로 느낌이 없을 것 같아요. 연기하는 거라고 생각하면 되니까.

남자는 장난스럽게 얘기하고 여자는 진지한 표정으로 들었다.

비밀 하나 얘기해줄까요? 난 벽이 된 적이 있어요.

네?

벽이요, 벽.

여자가 테이블 옆 벽을 탁탁 쳤다.

아, 대사도 없었겠네요.

연극 말고 진짜로.

진짜 벽?

네, 아침에 눈을 떠보니 방의 위치가 조금 달라졌다는 생각이 들었어요. 제가 벽에 붙어 있는 줄 알았는데 몸이 그대로 벽이 되었더라고요. 처음엔 놀라 어어어, 했죠. 당황스러워서 이럴 땐 무슨 말을 해야 하는지 비명이라도 질러야 되는지, 도와주세요,가 나을지 살려주세요,가 나을지 생각하다가 둘 다 외쳤는데 아무도 나타나지 않아서 헬프 미,라고도 외쳐봤지만 역시 아무도 나타나지 않았어요. 그도 그럴 것이 옥탑방에 혼자 살아서 아무도 제 소리를 들을 수 없거든요. 어쩌면 벽이 되었기 때문에 내 목소리가 밖에 들리지 않을지도 모르고. 어쩌면 꿈일지도 모른다고 생각했어요. 시간이 지나면 꿈에서 깨거나 다시 인간으로 돌아갈 수 있을 거라고. 그런데 시간이 지독히도 느리게 지나가더군요. 이게 꿈이라면 너무 길고 지루해서 죽는 게 나을 것 같다는 생각이 들 정도로.

얼마나 오래 벽이었던 거죠?

겨울 내내. 두어달 정도요.

그럼 밥도 못 먹었을 텐데.

벽이 되었기 때문인지 배도 고프지 않고 아무 문제도 없었어요.

아무도 찾아오지 않았나요?

딱히 찾아올 사람이 없기도 했고 막 겨울방학이 시작된 터라 가야 할 데도 없었어요. 제 안부를 물을 사람도 없고 제가 안부를 챙겨야 할 사람도 없고. 맞은편 벽에 걸린 시계를 보고 또 보고 창밖에서 들려오는 소리에 귀 기울이다가 밤이 되면 텅 빈 어둠 속에서 생각을 하고 또 해봐도 도대체 왜 벽이 된 것인지 알 수 없었어요.

어떻게 다시 돌아왔어요? 그러니까 인간, 사람으로.

벽으로 지내다보니 사실 내가 되고 싶었던 것은 벽이 아니었을까 하는 생각이 들지 뭐예요. 해야 할 일도 없고 자고 싶을 때 자고. 지금 내가 이 상태에 만족을 느끼는구나 생각하는 순간 갑자기 벽에서 미끄러져 나왔어요. 처음에는 팔다리를 움직이는 게 낯설어 멍하니 있었어요. 그후로도 밤에 자다 깨면 내가 벽인지 사람인지 헷갈려요.

지금도?

네, 지금도 가끔. 벽을 보면 이상한 기분이 들어요. 죽음도 그런 걸까요? 벽의 상태 같은 거.

그럴지도 모르죠.

열아홉번이나 죽었잖아요.

여자가 장난스럽게 웃었지만 남자는 웃지 않았다.

그런데 왜 비밀이에요?

원래 비밀로 하려던 건 아닌데 아무도 안 믿어서 비밀이 되었어요. 친구에게 얘기했더니 자긴 방바닥이 된 적도 있다며. 방바닥이 되어보지 않고는 누구도 무덤에 들어갈 자격이 없다고, 누구나 일생에 한번쯤은 바닥이나 벽이 되는 거라고. 대수롭잖게 말해서 그다음부턴 얘기 안 해요.

벽이 되고 싶어요?

잘 모르겠어요. 겨울은 내가 가장 좋아하는 계절인데 그 뒤로 겨울만 다가오면 심장이 쿵쿵거려요. 다시 벽이 될까봐 두렵기도 하고 그런데 또 궁금하기도 하고. 혼자서 벽을 뚫어지게 바라보다가 들어가보려고 손과 발을 벽에 부딪혀 온통 멍이에요.

벽이 되고 싶은 거네요.

아뇨, 전 죽음을 연습하는 거예요. 진짜로 죽었을 때 당황하지 않도록.

그렇군요.

제 얘기 믿어요?

반은 믿고 반은 안 믿어요.

원래 그래요? 무슨 이야길 들어도?

쉽게 믿을 수 있는 얘기는 아니잖아요.

외계인의 존재를 믿어요?

네.

놀랍네요. 내가 벽이 되었다는 얘긴 안 믿으면서.

여자는 웃으면서 다시 벽을 탁탁 쳤다.

외계인을 믿는 건 과학적인 지식을 기반으로 하는 거예요. 칼 세이건이 말했잖아요. 이 넓은 우주에 생명체가 인간뿐이라면 그건 엄청난 공간 낭비라고.

칼 세이건을 믿어요? 난 안 믿고?

남자는 잠시 멍하더니 고개를 저었다.

칼 세이건보다는 당신을 더 믿어요.

여자가 끄덕이며 웃었다.

당신이 사라지면 벽이 되었다고 생각하면 되나요?

네, 그거예요.

당신이 죽으면 그때도?

네.

남자는 떠올린 질문을 입 밖으로 꺼내지 못하고 고개를 돌려 창밖을 바라보았다.

첫눈이네요.

여자가 창문을 가리켰다. 밤하늘에서 포실포실 눈이 떨어지고 있었다.

아까 오후에 온 게 첫눈 아닌가요.

나한테는 지금이 첫눈이에요.

저런 눈은 금방 녹아요. 첫눈은 대부분 그래요.

그래도 사람들이 기억하잖아요. 올해 첫눈은 몇월 며칠에 왔다, 이런 거.

대부분은 겨울이 끝나기 전에 잊어요.

잊지 않는 사람도 있어요.

여자가 남자를 빤히 보더니 말했다.

이제 죽는 역할은 그만해요. 아무리 인상적인 죽음도 소용없어요. 죽고 나면 끝이에요. 더 안 나오잖아요. 계속 나오는 역할을 해요. 난 그게 더 좋아요.

벽이라도?

벽이라도.

여자가 주먹을 쥐고 다시 벽을 탁탁 두드렸다.

당신은 벽 이제 그만 쳐요. 손에 멍 들어요.

손으로 쳐서 벽이 무너질 수 있을까요?

아뇨. 손만 멍 들어요. 손으로 친다고 무너질 정도로 약한 벽은 없어요.

남자가 여자의 주먹을 펼쳐 이리저리 살펴보았다.

눈이 많이 내리네요. 함박눈이에요. 쌓이겠어요.

첫눈치곤 정말 많이 오네요.

올해 첫눈은 사람들이 오래 기억하겠죠. 이렇게 이르게, 이렇게 많이 오니까.

대부분은 잊을 테지만 어떤 사람에게는 영원히 남을 수도 있죠.

죽을 때 눈 내리는 풍경 보고 싶다고 했잖아요.

네.

나도 보고 싶어요.

눈은 계속 내렸다. 그해 겨울 내내 내렸는데 어떤 이는 보고 어떤 이는 보지 못했다. 어떤 이는 매일 눈을 기다리

고 어떤 이는 눈이 내리기만 하면 쓸어내고 어떤 이는 눈
사람을 만들고 어떤 이는 눈 속에 누워 잠들었다.

계단

반쯤 열린 현관문 사이로 재이와 짧게 입 맞췄다.

재이의 머리는 헝클어져 있었다. 졸린 눈으로 약간 비 몽사몽인 상태였다. 내가 나가는 기척을 듣고 달려 나온 것이 틀림없다.

재이의 얼굴이 사라지고 문이 닫혔다. 안쪽에서 문을 잠그는 소리가 났다. 재이는 다시 침대로 올라가 오후가 될 때까지 잠을 잘 것이다. 일요일이니까.

나는 햇살이 쏟아지는 복도를 지나 맞은편 비상구를 향 해 천천히 걸었다.

어제는 정말 경이로운 하루였다. 믿을 수 없는 일이 일어났고 믿을 수 없이 벅찬 기분이 들었다. 이런 기분은 정말 오랜만이었다. 비현실적인 햇살이었다. 토요일, 오랜만에 들른 선배의 가게에서 재이를 다시 만난 건 십여년간 내게 일어난 일 중 가장 놀라운 일이었다. 계단을 내려가며 나는 벅찬 마음을 조금씩 진정시켰다.

어젯밤 재이와 나의 모습들이 어른거렸다. 새벽까지 가게에서 얘기를 나누고 밖으로 나서니 비가 내리고 있었다. 택시를 타고 재이의 집으로 향했다. 우리는 아주 많은 이야기를 했다. 그러다 누가 먼저인지 모르게 손을 잡았다. 쉽지도 어렵지도 않게 너무 진지하지도 너무 장난스럽지도 않게 사랑을 말하지 않으면서 사랑의 움직임을 나누었다.

재이는 얼마 전 텃밭에 무와 배추를 심었다고 했다. 몇년 후엔 시골에 내려가 살 계획이라고 했다. 예전의 재이는 시골이라면 치를 떨었는데. 봉사활동을 하러 내려간 섬에서 바글거리는 갯강구들을 본 뒤론 민박도 하지 않았는데. 재이가 맞나? 재이가 변했나? 아니면 내가 알던 재이는 진짜 재이가 아니었나? 십이년의 시간이 지났으니 십이년 전의 재이가 아닌 건 당연한 일이다. 나 역시 십이년 전의 나는 아니니까. 아무럼 어떤가. 어제와 오늘 내가 만난 재이가 진짜 재이다.

재이는 또 얼마 전에 헤어진 연인에 대해서도 얘기해주었다. 그 개자식을 죽여버리고 싶다고 했다. 그 개자식의 전화기를 구둣발로 밟아 잘게 부숴버리고 싶다고 했다. 그 개자식이 가장 소중히 여기는 카메라를 옥상에서 아래로 집어 던지고 그 개자식이 무릎 꿇고 울며 비는 모습을 보고 싶다고 했다. 그 개자식이 삼년 동안 모은 돈으로 산 것이라고. 그리고 마지막으로 자신이 뛰어내리고 싶다고 했다. 그런데 그 개자식이 카메라만 주우러 가면 어떡하지? 말하며 우는지 웃는지 모를 듯한 표정을 지었다.

여기가 몇층이지?

한참을 내려왔다고 생각했지만 출구는 나타나지 않았다. 몇층이나 내려온 거지? 재이의 집이 몇층이었는지 기억나지 않았지만 엘리베이터를 타고 집으로 올라간 것은 아니니 기껏해야 3, 4층 정도 될 것이다. 재이는 엘리베이터를 타지 않는다고 했다. 운동도 되고 좋지,라고 말하며 함께 계단을 올랐던 기억이 난다. 나는 벽 위쪽에 난 창을 열어보려고 껑충껑충 뛰어 겨우 창을 열었다. 작은 창에 팔을 매달고 밖을 보았다. 지상이 있어야 할 곳에는 안개가 자욱했다. 비행기 창으로 구름을 내려다보는 기분이었다.

언젠가 친구가 안개에 휩싸인 아파트 사진을 보내준 적이 있었다. 고층아파트의 중간에만 안개가 끼어 있었고 고층과 저층은 안개가 없어 마치 마그리트의 그림을 보는 듯했다. 친구의 집은 바다가 가까운 고층아파트의 48층이었다. 가끔 이런 일이 생긴다고. 고층아파트는 층에 따라 날씨가 다를 수도 있다고 했다. 한번은 창문을 열었더니 안개가 밀려들어왔다고 했다. 위도 아래도 보이지 않더라고 했다. 집으로 밀려들어온 안개 때문에 벽을 더듬어 화장실을 가거나 안개가 사라질 때까지 꼼짝없이 한자리에 앉아 있는다고 했다. 거짓말 같기도 했는데 창밖을 보니 그럴 만하다는 생각이 들었다.

재이의 집은 꽤 고층인 모양이었다. 나는 다시 비상구를 찾아보기로 했다. 이상하게도 나가는 문이 보이지 않왔다. 내려가다보면 비상구를 찾을 수도 있을 테고 지상과도 가까워질 테니 내려가보기로 했다.

몇걸음 내려가자 주위가 어두워졌다. 문득 발을 디딜 계단이 잘 보이지 않았다. 대낮인데도 빛이 들지 않는 걸 보니 지하로 내려온 게 분명했다. 전등이 고장 났거나 전기가 들어오지 않는 모양이었다. 그러고 보니 창도 보이지 않았다. 주위를 둘러봐도 밖으로 나가는 문은 없었다. 오직 계단만 이어졌다. 위나 아래로 움직일 수밖에 없었다. 한참을 더 내려왔다고 생각했는데 어디쯤인지 알 수 없었다. 지하에는 몇층이나 있는 걸까. 새로 짓는 건물은 지하로 20층까지 있다는 얘기도 들었는데 재이의 아파트가 그런 건물인 모양이었다.

건물 안에서 길을 잃다니 난감한 일이군.

나는 다시 위로 올라가기로 했다. 깊은 동굴 속에 혼자 있는 기분이 들어 어서 어둠을 벗어나고 싶었다. 전화기를 꺼냈다. 그리고 내가 재이의 전화번호를 모른다는 사실이 떠올랐다. 왜 물어보지 않았지? 재이도, 나도. 다시 만날 생각이 아니었나? 똑같은 질문을 재이에게 던진다면 재이는 뭐라고 답할까. 재이의 얼굴을 떠올리자 먼저 기억나는 것은 십이년 전의 모습이었다. 좀 전에 헤어졌는데도 오늘 본 얼굴이 기억나지 않았다. 부스스한 머리칼과 반쯤 감긴 눈의 희미한 느낌만 떠올랐다. 나는 슬슬 내가 한 행동들에 짜증이 나기 시작했다. 119를 눌러봤지만 신호음이 울리지도 않았다. 통화권 밖인가.

다시 계단을 올랐다. 내려간 것보다 더 올라간 것 같은데도 비상문은 보이지 않았다. 대신 어디선가 미약하게나마 빛이 새어 들어왔다. 캄캄한 곳에 있던 데 비해 한결 기분이 나아졌다.

계단 위 멀리서 발소리가 들렸다. 누군가 내려오고 있었다.

드디어 밖으로 나갈 수 있게 됐군. 나는 다리에 힘이 풀려 계단에 주저앉았다. 발소리는 너무 느리고 작았다. 아이가 아닐까 싶은 생각마저 들었다. 아주 오랫동안 발소리를 들으며 앉아 있었다. 터벅터벅 소리를 내며 모습을 드러낸 것은 지친 표정의 여자였다.

저기, 밖으로 나가는 문이 어디 있습니까, 어디로 나가야 됩니까.

내가 다급하게 묻자 그는 말했다.

위에는 없어요.

여자는 나를 지나쳐 터벅터벅 계단을 내려갔다.

내려가는 수밖에 없어요.

올라갈 수도 내려갈 수도 없어 나는 그 자리에 멈춰 섰다.

잠시만요, 여기가 어디죠?

여자가 걸음을 멈추고 고개를 돌려 나를 올려다보았다.

질문이 이상하다는 거 압니다. 그런데 들어왔던 문이 보여야 나갈 텐데 문이 보이지 않아요.

이런 일이 처음인가요?

네?

저는 처음은 아니에요. 딴생각에 빠져 걷다보면 계단을 올라가거나 내려오거나 둘 중 하나를 반복하게 되죠.

딴생각이라. 그러고 보니 저도 생각에 잠겨 걷다보니 계단에 서 있었어요.

정신을 차리고 걸으세요. 딴생각은 하지 말고.

그런데 아무 생각도 하지 않고 계단을 오를 수 있나요? 이렇게 긴 계단을.

생각을 하다보면 계단에 갇히게 돼요.

계단에는 끝이 있잖아요.

끝이 없을 수도 있어요.

여자의 말에 나는 당황했다.

끝이 없다면 언제까지 걸어야 한다는 말인가요? 생각을 멈추면 새로운 문이 나타난다는 뜻인가요?

그건 나도 모르죠.

당신은 여기 얼마나 오래 있었죠?

한나절이 넘은 것 같은데 어쩌면 겨우 십분 정도일지도 몰라요. 생각을 멈추면 시간도 멈추는 것 같더군요. 계단을 벗어나면 알 수 있을 거예요.

그렇다면 생각을 멈추는 게 무슨 도움이 되겠어요. 도리어 계단을 늘리는 것 아닌가요.

여자가 불안한 표정으로 나를 빤히 보는데 어딘가 낯익은 얼굴이라고 생각했다.

혹시 저를 아세요? 당신을 만난 적이 있는 것 같아요.

여자는 고개를 저으며 한층 더 불안한 표정을 지었다.

저와 함께 비상구를 찾아보는 건 어때요?

안 돼요.

여자는 귀신이라도 본 것처럼 두려운 표정으로 벽을 짚고 뒷걸음질 쳤다.

어쩌면 당신은 내가 아는 사람일지도 몰라요.

여자는 중얼거리듯 말하고는 서둘러 아래로 뛰어 내려갔다. 점점 깊은 어둠 속으로. 발소리가 점점 멀어져갔다. 소리가 어둠에 묻히자 나는 다시 혼자가 되었다. 그의 말을 천천히 곱씹어보았지만 의미를 알 수 없었다. 생각을 멈추어야 밖으로 나갈 수 있다면 나는 과연 오늘 집으로 돌아갈 수 있을까. 저 사람이 내 머릿속에서 나온 게 아니라면 좋겠는데. 중얼거리며 나는 다시 계단을 올랐다.

덤불이 있던 언덕

언덕을 오르던 우리가 맞닥뜨린 것은 탱자나무 가시덤
불이었다. 덤불은 내 허리까지 오는 키에 굵은 가시들이
사납게 돋아 있었다. 길을 막고 있었다. 다른 길을 찾아 올
라가야 하나 아니면 내려가야 하나. 나는 뒤돌아 아래를
봤다. 그사이 우리는 꽤 높은 곳까지 올라왔다. 골똘히 덤
불을 보던 그녀가 품속에서 꺼내든 것은 칼이었다. 과도
보다 조금 더 긴 날카롭게 생긴 칼이었다. 햇빛에 반사된
은빛 날이 매끈했다. 그녀는 아무렇지 않게 익숙한 솜씨
로 가시덤불을 쳐냈다. 날이 잘 드는지 덤불이 금세 툭툭
떨어져 나갔다. 나는 내심 놀랐지만 태연한 척 드러내진

않았다. 가시덤불을 자르고 나니 길은 다시 이어졌다.

이상한 일이군요. 여긴 원래 길인 것 같은데.

덤불은 순식간에 빠르게 자라기도 하더군요.

우리는 다시 언덕을 올랐다. 한참 동안 아무 말 없이 침묵 속을 걸었다. 그녀는 과묵한 사람 같았다. 곰곰이 생각해보니 내내 얘기했던 사람은 나였고 그녀는 짧은 몇마디를 답했을 뿐이라는 걸 깨달았다. 게다가 그녀는 오늘 처음 만난 사람이 아닌가. 그녀는 내가 오늘 묵을 숙소의 주인이었다. 숙소에 짐을 풀고 늦은 점심을 먹고 산중턱에 있는 저수지를 보러 가는 길이었다. 그녀가 어떤 사람인지 전혀 알지 못했다. 조금씩 곁눈질하자 그제야 그녀의 얼굴이 눈에 들어왔다. 여자는 사십대 중반 정도로 보였다. 키가 크고 마른 편이었고 햇볕에 그을린 것 같은 얼굴이 왠지 다부져 보이는 인상이었다. 누구였더라.

혹시 우리 어디서 본 적 있지 않아요?

전 처음 뵙는 것 같은데요.

모자의 차양을 들어 올리고 나를 힐끗 보던 여자는 살짝 웃으며 말했다. 나는 더더욱 그녀가 분명 내가 아는 사람이라는 확신이 들었다.

어디서 본 사람일까. 같은 학교를 다녔을 수도 있고 아니면 텔레비전이나 잡지에서 본 사람일 수도 있지. 물어볼까 말까. 처음 보는 사람에게 사생활을 캐내듯 물어보는 것은 실례가 아닐까. 이런저런 생각을 하는 사이 우리는 저수지에 도착했다.

저수지는 생각했던 것보다 평범했다. 저수지 한가운데 버드나무 몇그루가 서 있는 것을 제외하면 별다를 게 없는 곳이었다. 나는 언젠가 잡지에서 본 연꽃들의 향연이 펼쳐 있을 거라 기대했는데 실제로는 연꽃들은 많지 않았고 그마저도 말라비틀어져 살아 있는지 죽었는지 알 수 없었다. 물은 탁하고 더러워 보였다. 가까이 다가가자 역한 물비린내가 났다.

조선시대에 왕의 명을 받아 만들어진 저수지래요. 너무 오래돼서 이젠 식수나 농업용수로 쓰이지도 않아요.

여자의 설명을 들으며 저수지를 한바퀴 둘러보았다. 저수지를 보러 온 사람은 아무도 없었다. 이따금 건너편 산 속에서 짐승의 우는 소리가 들렸다. 여자는 산비둘기 소

리라고 했는데 믿기지 않았다. 피로감이 몰려와 여자에게
이제 그만 내려가자고 했다.

선생님은 저수지를 보러 이곳에 오신 게 아닌가요?

사실은 그랬다. 나는 텔레비전이나 잡지에서 이 저수지
를 몇번이나 보았고 영화에서도 봤다. 언젠가는 꼭 한번
와보고 싶었다. 그런데 내가 온 이곳이 그곳이 맞는가.

언덕을 내려오는 도중 불현듯 나는 그녀가 누군지 떠올
랐다. 그녀는 십여년 전 내가 살던 동네에 있던 까페의 사
장이었다. 그녀는 매우 친절하고 우아했으며 평판도 좋았
다. 어느 날 나는 뜻밖의 장소에서 그녀를 발견했다. 새벽
3시의 아파트 주차장에서였다. 차 안에서 잠시 쉰다는 것
이 잠이 들어버렸고 눈을 뜨자 누군가 낮은 자세로 주차
된 차들 사이를 살금살금 돌아다니고 있었다. 자세히 보
니 그는 칼로 차들을 마구 긋고 있었다. 검은 점퍼에 모자
까지 썼지만 분명 그 여자였다. 전날 까페에서 우연히 들
은 얘기가 떠올랐다. 누군가 근처 아파트 주차장에 세워
둔 자신의 차를 날카로운 것으로 긋고 도망갔다는 하소연

이었다. 그런 양심 없는 인간이 도대체 누굴까요.

나는 숨죽이고 있다가 여자가 멀어져가자 차에서 나왔
다. 그후론 까페에 발길을 끊었고 다신 여자의 모습을 본
적 없었다.

여긴 해가 지면 아주 무섭답니다. 저수지에 빠져 죽은
사람들도 많고 가끔은 죽으러 올라가는 사람도 있지요.

나는 아무 말도 하지 않았다.

오늘 저녁은 뭘 드시겠어요? 돼지고기 삼겹살도 있고
닭백숙도 있어요. 고기를 안 좋아하시면 산채나물비빔밥
을 해드릴 수도 있어요. 아, 그리고 선생님 혹시 커피 좋아
하세요? 제가 직접 볶은 거랍니다.

여자는 말이 많아졌다. 그리고 나를 빤히 쳐다보더니
웃으며 말했다.

그런데 저도 선생님을 어디서 본 것만 같은 기분이 들
어요. 어디서 봤을까.

마른침을 삼키며 나는 물었다.

읍내로 나가는 버스는 몇시까지 있나요?

나가는 차는 8시가 막차예요. 선생님은 들어오실 때처

럼 나가실 때도 제가 태워드릴 테니 걱정 마세요.

할 말이 생각나지 않았다. 그저 어서 빨리 이 언덕을 내려가 집으로 돌아가고 싶었다.

빠른 걸음으로 언덕을 내려가던 우리 앞에 닥친 것은 덤불이었다. 이상한 일이었다. 아까 그 자리에는 그사이 덤불이 수북이 자라나 있었다. 저 덤불을 뚫고 언덕 아래로 내려갈 수 있을까. 여자가 덤불 앞에 서서 한숨을 쉬었다.

이 덤불들 좀 보세요. 이 골칫거리들.

그녀가 다시 품속에서 칼을 꺼내들었다.

덤불은 어떻게 자라는가. 순식간에 자라는 덤불. 먼 곳에서부터 어둠이 순식간에 와 있었다.

잠수교가 잠기는 날에는

보리씨가 탁자에 머리를 박고 잠들어 있었다. 깜짝 놀라 보리씨의 얼굴을 가까이서 살폈는데 옅은 숨소리가 들렸다.

잠든 건가? 진짜로 잠든 건가?

화장실에 다녀온 시간은 불과 오분 남짓이었는데 그사이 저렇게 곯아떨어지다니. 기면증이라도 있는 건가?

당황스러운 나머지 주변을 둘러보았지만 넓은 까페 안의 많은 사람들은 각자 떠드느라 이쪽 테이블은 신경 쓰지 않는 듯했다. 그러고 보니 보리씨는 얘기를 나누는 중에도 몇번이나 하품을 했다. 어젯밤에 잠을 잘 못 잤나보다. 그래도 그렇지. 이렇게 시끄러운 곳에서 잘 수 있다니. 나는 그가 깰 때까지 깨우지 않기로 했다. 곤히 잠든 사람을 깨우는 것도 여간 곤란한 일이 아니다. 조심스럽게 가방에서 소설을 꺼내 오늘 아침 전철에서 읽던 페이지를 펼쳤다.

무슨 책 읽으세요?

보리씨가 멍한 눈으로 나를 보고 있었다.

깼어요?

네?

잠든 것 아니었어요?

아닌데요.

나는 무슨 말을 해야 할지 말문이 막혔다.

까페에서 어떻게 자요?

그러게요.

보리씨는 분명히 잠든 게 맞는데 이상한 일이네. 나는 갸우뚱하다가 난처한 미소를 지었다.

그런 일은 후에도 몇번 더 일어났다. 자료를 읽다가 고개를 들어보면 보리씨는 탁자에 엎드려 있거나 밥을 먹다가도 수저를 들고 눈을 감은 채로 몸을 휘청거리곤 했다. 전화 통화를 하다가 갑자기 아무 소리도 들리지 않으면 나는 보리씨가 잠든 줄 알았다. 보리씨가 일상생활을 어떻게 영위할 수 있는지 궁금했지만 묻지 않았다. 보리씨와 나는 한달 정도만 함께 일하면 되니까. 그리고 보리씨는 잠에서 깨면 놀랄 만큼 빠르게 언제 잠들었냐는 듯 다음 말을 이어가곤 했다. 보리씨와 나는 출판사에서 받은 녹취 알바를 하고 있었다.

어느 날 까페에서 보리씨를 기다리고 있었다. 무슨 일이라도 생긴 표정으로 보리씨가 달려와 가쁜 숨을 몰아쉬며 말했다.

이제 알았어요. 미래씨 목소리를 들으면 잠이 오는 거예요. 어제 퇴근하면서 버스를 탔는데 라디오에서 그 노래가 나와서 알았어요. 이런 노래 알아요? '너를 보면 나는 잠이 와'로 시작하는 노래.

나는 고개를 저었다.

그게 가사예요. '너를 보면 나는 잠이 와, 잠이 오면 나는 잠을 자.'

그런 노래도 있어요? 처음 들어봐요.

나는 보리씨가 읊어주는 가사에 웃음을 터트렸다.

제목이 뭔데요?

창밖에 잠수교가 보인다.

네?

진짜예요. 나중에 들어봐요.

그런데 잠수교가 어디 있는 거죠?

반포대교.

아. 지나가본 적은 있는데 우리 집에선 너무 먼 곳이네요.

저도.

장마철이 되면 뉴스에 나오는 건 알아요. 잠수교 앞에서 우산을 든 기자가 현재 한강 수위가 얼마고 잠수교가 곧 잠길 거라고 얘기하잖아요.

맞아요. 어젯밤에 몇번이나 반복해서 들었는데 가사가 진짜 너무 이상하더라고요. 그 노래 마지막 가사가 '사랑을 하면 나는 사탕이 먹고 싶어'거든요.

그게 뭐예요.

나는 보리씨의 얼굴이 빨개질 때까지 웃었다.

저 원래 아무 데서나 잠드는 사람 아니에요.

보리씨는 좀 억울한 표정이었다.

미래씨의 목소리가 저에겐 수면제인 거죠. 얼굴을 보는 것만으론 아니에요. 전화하다가도 잠드니까. 과학적으로 는 규명할 수 없을지 모르지만 분명 주파수나 초음파 비슷한, 현재의 우리로서는 알 수 없는 뭔가가 있는 게 틀림 없어요. 어제 밤새 제가 내린 결론이에요.

그러니까 제 목소리가 수면제라구요.

네, 맞아요.

나는 웃음이 나왔지만 애써 참으며 말했다.

그럴 수도 있겠네요. 보리씨가 저를 만나기 전엔 한번 도 이런 일이 없었다는 거죠?

네, 잠이 오는 건 미래씨 때문이에요.

보리씨, 잠이 온다는 말 재미있지 않아요? 내가 자고 싶 다고 맘대로 자는 게 아니고 잠이 나한테 와야 잘 수 있다는 거잖아요.

그렇네요. 잠이 올 수도 있고 갈 수도 있다는 말이네요.

사투리래요. 경상도 사투리.

진짜요? 몰랐어요.

서울 사람들은 졸린다고 하잖아요.

그럼 오늘은 잠이 미래씨한테 갔나봐요.

네?

미래씨 오늘 계속 하품하는 거 알아요?

음, 사실은 어제 잠을 못 잤어요.

왜?

거미줄 때문에요. 보리씨, 거미줄은 언제 생길까요?

거미줄? 거미가 만들고 싶을 때? 왜요?

집에 거미줄이 있어요.

거미줄은 집집마다 있는 걸요. 평소엔 몰라도 이사 가려
고 짐을 옮기다보면 꼭 어딘가에는 거미줄이 있더라고요.

지난달에 세수를 하다가 욕실 창문 옆 천장에 거미줄
이 걸려 있는 걸 봤어요. 거미는 없었고요. 청소솔을 들어
서 거미줄을 걷어낸 뒤 잊고 있었죠. 며칠 후에 씻다가 문

득 생각나서 보니까 여전히 모서리에 거미줄이 걸려 있는 거예요. 거미줄이 있으니 어딘가에 거미가 있겠구나, 내가 이 집에 거미와 같이 살고 있었구나 하는 생각이 들었죠. 거미 없애는 방법을 검색해봤더니 거미는 카페인과 계피를 싫어한대요. 그래서 집 안 곳곳에 커피 가루나 계피를 뿌리면 사라진다고. 어떤 사람이 '그 집은 거미가 살기 좋은 형태의 집일 겁니다. 함께 사세요'라고 써놓은 글도 봤어요.

거미가 살기 좋은 형태의 집이라니, 그게 뭐예요.

내 집이 아니라 거미집이고 내가 얹혀산다는 뜻이 아닐까요?

보리씨가 까르르 웃었다. 오늘따라 생생해 보이는 얼굴이었다.

그래서 커피와 계피를 뿌려놓고 매일 거미줄이 보일 때마다 청소솔로 마구 휘저어 망가뜨렸는데도 다음 날이 되면 거미줄이 생겨났어요. 처음엔 욕실 그다음엔 냉장고 옆 벽 모서리, 그다음엔 눈을 뜨니 침대 위 천장에.

거미는? 거미는 없구요?

네.

보리씨는 조금 심각한 표정이 되었다.

그래서 거미가 거미줄을 만드는 장면을 포착하려고 어젯밤에 잠을 안 잤어요. 아무래도 밤새 내가 자는 사이에 거미가 거미줄을 치는 것 같아서.

그래서, 봤어요?

아니요. 책도 읽다가 영화도 보다가 한시간에 한번씩 집 안을 둘러봤어요. 집 안 곳곳을 환히 밝혀놓고 기다렸는데도 거미가 나타나지 않는 거예요. 안 되겠다 싶어서 긴 막대걸레로 천장과 벽 구석구석을 휘저었어요. 거미가 있다는 걸 아니까, 잠들면 금세 거미줄을 친다는 걸 아니까 참을 수 없는 기분이 돼서 벽 모서리를 얼마나 쳐댔는지 몰라요. 그랬더니 인터폰으로 주민들의 항의 전화가 마구 오더라구요. 새벽이라는 걸 까맣게 잊고 있었어요.

저런.

아무래도 거미는 내가 잠을 잘 때만 나타나서 거미줄을 치는 것 같아요.

오늘은? 오늘 아침엔 거미줄 있었어요?

아니요. 오늘 아침엔 거미줄이 없었어요.

이상하네.

혹시 자는 동안 거미가 쳐놓은 거미줄에 내가 걸렸나 싶은 생각까지 들었어요. 희미한 줄에 대롱대롱 매달린 기분도 들고.

미래씨가 잠을 못 자서 그런 거예요.

나는 계속 하품을 했다. 그리고 어디까지 얘기했는지 기억이 나지 않는다.

눈을 뜨자 보리씨가 말했다.

일어났어요?

제가 지금 잠이 든 건가요? 여기서?

네.

보리씨는 웃었다. 조금 멍하게 있다가 나는 탁자 위의 커피를 마셨다.

이상한 일이 많네요.

지금 밖에 비 와요.

오늘부터 장마라고 하던데.

잠수교가 잠길까요?

비가 많이 내리면 잠기겠죠. 한강의 수위가 점점 높아
지고.

수면 아래 불어난 물이 무섭게 바닥을 쓸어가겠죠.

창밖에 우산을 쓴 사람들이 뛰어가고 있었다. 우리는
말없이 바라보고만 있었다.

그날 이후 보리씨와 내가 함께 하던 일은 끝이 났다. 업
무가 종료되었다는 메일을 받았다. 우리는 만나지도 연락
을 주고받지도 않았다. 유난히 비가 많이 내리는 날엔 창
밖을 보며 이제 잠수교가 잠겼겠구나 한다. 보리씨의 잠
은 안녕할까. 보리씨가 엿본, 보리씨가 가져간 나의 잠은.

울지 마세요

나는 점점 지쳐간다.

"이 바보 같은 놈아. 이렇게 맛없는 건 너나 먹어라."
"너도 하루 종일 집에 처박혀 있어봐!"
"어디서 이상한 냄새를 묻히고 들어온 거야. 저리 꺼져!"

오늘도 깨비는 내가 집에 도착하자마자 퍼붓기 시작한
다. 예전 같았으면 퇴근시간만 기다리다가 한걸음에 집으
로 달려왔을 텐데 이제 퇴근시간이 다가오면 머리가 무겁
다. 요즘은 집 앞 놀이터에 잠시 앉아 있다가 집으로 간다.

어제는 한시간을 앉아 있었다. 개를 산책시키는 사람들이 많았다. 모두 평화로워 보였다. 불과 한달 전 내 모습처럼.

개의 말을 번역해주는 기계가 나왔다는 소식에 나는 설렘 반 기대 반 호기심으로 기계를 구입했다. 가장 큰 이유는 깨비가 아플 때 모르고 지나치거나 늦게 발견할지도 모른다는 불안 때문이었다. 갓난아기처럼 동물들도 의사를 전달하지 못해 적절한 조치가 필요할 때를 놓칠 수 있다. 늦었다는 걸 알아차릴 때면 이미 증세가 심각해져 손쓸 도리가 없다. 나는 반려동물 까페에 올라온 많은 사례를 읽었기 때문에 늘 막연한 불안감을 가지고 있었다.

처음 기계를 샀을 때 깨비가 짖기만 하면 "너 누구야?"라고 번역되었다. 깨비가 날 못 알아본다니. 그럴 리가 없잖아. 기계 고장이거나 조악한 장난감에 불과하다는 생각에 금세 흥미를 잃고 탁자 위에 내버려뒀다.

며칠이 지난 어느 날 깨비가 식탁으로 오르려고 뛰며 짖을 때 꺼둔 줄 알았던 기계의 액정에 불빛이 켜졌다. 자세히 보니 "내 집에서 나가!"라고 적혀 있었다. 픽 웃음이

터졌다. 그리고 깨비를 안으며 말했다.

"깨비야, 여긴 내 집인걸."

고양이가 집사의 주인이라고 생각한다는 얘길 들어본 적은 있지만 개가 그렇다는 얘긴 들어본 적이 없었다. 아무래도 깨비는 고양잇과의 개인 모양이었다.

그때부터 나는 다시 기계를 유심히 살펴보기 시작했다. 기계를 살 때만 해도 개가 하는 말이 아주 단순할 것으로 생각했다. 좋다, 싫다, 배고프다, 화가 났다, 산책하고 싶다 같은 말들. 사랑해, 슬퍼, 기다릴게, 기억할게,와 같은 말들도 할 수 있으면 좋겠다고 생각했지만 기계의 성능에 그 정도로 기대가 크진 않았다. 깨비의 눈빛을 보면 대부분 다 알 수 있으니까, 확인하지 않아도 괜찮았다. 그런데 번역기를 통해 알게 된 깨비의 말 대부분은 내 예상과 달랐다. 깨비가 이토록 풍부한 감정을 지닌 강아지라니 처음에는 놀랐다. 그리고 천천히 깨비의 감정이 노골적인 분노라는 걸 알게 됐다. 깨비의 분노는 어디서 시작된 것일까.

깨비는 아무래도 텔레비전을 너무 많이 본 것 같다. 내가 없는 낮 동안 심심할까봐 켜놓았던 텔레비전에서 막장

드라마를 본 것이다. 그것도 매일매일. (갑자기 모든 게 납득되기 시작한다!) 막장드라마 속 인물과 줄거리는 너무 비슷해서 이 집에서나 저 집에서나 이 사람에게나 저 사람에게나 모두 '막장'스러운 일들이 일어난다. 깨비가 능숙하게 사용하는 어휘들은 너무 '막장'스러워서 차마 입에 담을 수가 없다.

그것도 아니라면 깨비에게 내가 알지 못하는 트라우마라도 있는 걸까. 문득 깨비의 과거가 궁금해졌다. 깨비는 나와 일년이 넘는 시간을 함께했다. 유기견보호소의 SNS에 올라온 사진을 보고 나도 개를 키워볼까 하는 생각이 스쳤다. 마침 그 유기견보호소가 집에서 10분 거리에 있었기 때문에 홀린 듯이 전화를 걸었다. 깨비는 보호소 앞에 누가 버리고 간 개였다. 생후 일년 정도로 추정되는 믹스견. 그러니 깨비의 과거를 증언해줄 누구도 없다. 깨비의 분노를 짐작할 만한 다른 일은 떠오르지 않았다. 이 작은 개에 관해 내가 모르는 일이라곤 몸속의 질병이나 예기치 않은 상해뿐일 줄 알았는데.

"가까이 오지 마."

"말 걸지 마."

깨비는 요즘 이 말만 반복한다.

동물병원 주치의 김선생에게 넌지시 물어보았다. 김선생은 웃으며 번역기라고 판매되는 것들은 장난감일 뿐이니 너무 신경 쓰지 말라고 했다. 신경 쓰진 않는다고 했다. 호르몬의 문제일 수도 있으니 산책과 운동을 빼먹지 말라고 했다. 산책을 못한 지 삼주가 지났다고는 말하지 못했다.

단서를 하나 얻은 것은 반려동물 까페에 올라온 '반항적인 강아지들'이라는 게시물을 통해서였다. 개에게도 사춘기가 있다는 연구가 『사이언스』에 실렸다고 했다. 일명 개춘기라고. 인간의 사춘기와 유사한 증상이 나타나는데 감정기복이 심하며 반항적이고 주인을 무시하는 행동을 한다. 이 시기에는 오히려 낯선 사람들의 말을 더 잘 듣는다고. 5~8개월 차 강아지들에게 주로 나타나는 증상이라고 했다. 오호라, 깨비는 그럼 개춘기인 모양이다. 그런데 깨비는 인간 나이로 스물이 넘었는데 어떻게? 알 수 없는 일이었다.

또 하나의 단서를 얻은 건 오늘 저녁을 먹을 때였다. 깨비가 짖었다.

"날 굶겨 죽일 작정이냐."

순간 소스라치게 놀랐던 건 그 말이 어린 시절 할머니가 자주 하던 말이었기 때문이다. 치매에 걸린 할머니가, 하루에도 몇번씩 시도 때도 없이 걸신들린 것처럼 밥을 먹던 할머니가 눈물을 뚝뚝 흘리며 밥솥을 숨긴 가족들에게 하던 말이었다. 어쩌면 깨비도 치매일지 모른다. 개도 치매를 겪는다고 한다. 치매에 걸리기엔 이른 나이지만 인간에게도 조기치매란 질병이 있으니 개라고 걸리지 않을 리 없다. 검색해보니 개가 치매에 걸리면 주인을 알아보지 못하고 물고 아무 데나 똥을 싼다고 한다. 깨비의 배변활동은 정상적이지만 치매 초기라는 생각에 더 확신이 들었다. 불쌍한 깨비. 나를 바라보는 표정에는 달라진 것이 없었다. 한없이 맑은 눈망울로 짖고 있었다. 하지만 이 개가 내가 사랑하는 개가 맞는지 여전히 알 수 없었다.

두가지 단서를 통해 나는 확실히 호르몬의 문제라는 결론을 내렸다. 개춘기거나 치매거나 아니면 갱년기 중 하나가 분명하다. 광견병이라는 글자도 머릿속을 헤엄쳐 다녔지만 그것만은 아니라고 확신할 수 있다. 침대에 누워 불을 끄고 난 후에도 잠이 오지 않았다. 깨비는 지금 내 발치에서 잔다. 자다보면 내 옆에 와 있기도 하고 내 몸을 깔고 눕기도 한다. 깨비의 숨소리와 잠꼬대를 들으며 잠을 청했는데 오늘은 통 잠이 오지 않는다. 꿈속에서 깨비는 고양이라도 만난 걸까. 으르렁거리고 있다. 한참 뒤척이다 침대에서 일어나 주방으로 가 물을 마셨지만 계속 목이 말랐다. 기계를 집어들고 이리저리 살펴보다 깨비처럼 짖어보았다.

"울지 마세요."

더 큰 소리로 짖었다.

"울지 마세요."

화가 치밀어올랐다. 슬리퍼를 신고 집 밖으로 나갔다. 집 앞 공원. 바닥에 기계를 패대기쳤다. 운동화로 밟아 박

살 냈다. 조각난 기계를 공원 쓰레기통에 버렸다. 이제 깨비와 나는 한달 전으로 돌아간다. 그간의 일들을 잊고 새롭게 다시 시작할 것이다. 조잡한 기계 하나 때문에 망친 시간들을 복구해낼 것이다. 마음이 홀가분해졌다.

다음 날 아침 산책을 가기로 했다. 깨비는 산책을 나가기 싫어하는 눈치였다. 예전엔 산책할 준비만 해도 꼬리를 살랑거렸는데 나가지 않으려고 버텼다. 호르몬 때문이다. 산책은 우리가 다시 예전으로 돌아가기 위한 준비운동이었다. 계단에서 목줄을 잡고 깨비와 실랑이를 했다. 호르몬 때문이다. 겨우 온 힘을 다해 1층까지 내려왔다. 도로로 나서자 갑자기 깨비가 달리기 시작했다. 나는 곧 깨비에게 끌려가기 시작했다. 필사적으로 목줄을 잡았지만 깨비의 힘에 비하면 어림없었다. 어, 어, 어 하는 사이에 벌써 뒷산 산책로 중턱을 오르고 있었다. 이게 다 호르몬 때문이다. 깨비. 다리에 힘이 빠지는 순간 목줄을 놓치는 순간 내가 놓친 줄에 내가 묶였다는 것을 깨닫는 순간, 깨비에게 끌려 뒷산을 한바퀴 돌고 있었다. 호르몬 때문에. 산책로를 내려오고 있었다. 무시무시한 힘에 이끌려. 깨비는 폭군이었다. 집 근처 공원에 왔을 때 나는 알았다. 개를 산책시키는 사람들이 많았다. 개에게 끌려가고 있는 사람도 많았다. 개에게 끌려 집으로 돌아가고 있는 사람들도 많았다. 모두 개에게 끌려 어디론가 가고 있었다. 나도 그들 중 하나였다. 언제부터였을까. 끌려가며 나도 모르게 흐느끼고 있었는데 바로 옆 쓰레기통 속에서 불빛을 내며 산산조각 난 번역기가 작동하고 있었다. 확인해보지 않아도 알 수 있었다.

"울지 마세요."

구명

그때 나는 구멍 속에 있었다. 좁고 길고 어두운 동굴. 아무에게도 보이지 않고 나 자신도 스스로를 볼 수 없는 곳. 몸을 뒤척이다가 아무래도 쥐구멍 속에 있는 것 같다고 느꼈다. 나는 쥐가 된 걸까.

밖은 환했다. 따사로운 빛의 물결 사이에서 달콤한 냄새가 났다. 익숙한 목소리가 들렸다.

아이들이 없으니 살 것 같아요. 이렇게 평화로운 시간이 얼마나 갈까요.

아이들이 돌아오려면 아직 멀었어. 그사이에 우린 잠깐 쉴 수 있을 거야.

낮잠을 잘 수도 있겠지요.

엄마와 숙모는 기분이 좋아 보였다.

내가 사라진 걸 어른들은 모르나보다. 내가 여기 있다는 걸 엄마와 숙모에게 알리고 싶기도 하고 알리기 싫기도 했다. 조그만 소리로 엄마를 불러봤지만 내 귀에도 들리지 않았다. 소리를 들은 엄마와 숙모가 이 구멍 속을 본다면 비명을 지르고 집게나 부지깽이를 쑤셔 넣을지도 모른다. 나는 한발 한발 뒷걸음을 쳐서 집 밖으로 냄새 나는 하수구로 달아나야 하겠지. 거울에 비춰 보지 않아도 알 수 있었다. 내가 얼마나 징그러운 꼬리를 단 역겨운 쥐인지. 별수 없이 나는 그들의 대화를 계속해서 엿듣고 있었다.

아이들만 없다면.

숙모는 아이를 셋이나 낳았다. 그리고 지금 숙모의 배속에 또 한명의 사촌동생이 들어 있다. 엄마도 아이를 더 가지고 싶어 한다. 하지만 엄마는 더이상 아이를 낳을 수 없다. 아빠가 없기 때문이다. 엄마는 숙모를 부러워하는 것 같다. 그런데 숙모는 왜 아이들만 없었으면 하고 말하는 걸까.

  엄마와 숙모는 사과잼을 만들고 있었다. 사과를 몇번이나 헹궈내고 썩은 부분을 도려내서 마당에 걸어놓은 커다란 가마솥에 집어넣었다. 부드러운 잼을 만들려면 주걱으로 오래 저어야 한다. 향긋한 냄새가 미풍에 실려 마당에서 집 안으로 스며들었다. 엄마와 숙모는 겨울이 되기 전 과수원에 떨어져 상처 난 사과를 모아 잼을 만들곤 했다. 잼을 만들어 아이들에게 먹이고 이웃에도 나누어주었다. 그리고 이웃들은 우리에게 김치나 떡이나 집에서 담근 술 따위를 나눠주었다.

  나는 어디 있는 걸까. 마당 한 귀퉁이 가마솥이 걸린 자리까지 목소리가 전달되는지 거리를 가늠해보고 내가 있는 구멍의 위치도 짐작해보았다. 수돗가에서 대문 사이 축사 근처일 것이다. 축사는 비어 있다. 마당에는 쥐구멍이 많다. 우리 집에는 쥐가 많다. 우리 집에는 사람 수보다

쥐의 수가 더 많다. 쥐들은 한낮에는 잘 보이지 않다가 밤
이 되면 크고 작은 소리를 내며 마당과 집 안을 돌아다녔
다. 천장과 마루 아래, 벽과 기둥 사이에서 새끼를 치고 음
식을 훔쳐 먹었다. 비가 오는 날이면 마당 어디선가 집 안
으로 작은 쥐들이 기어 들어오곤 했다.

　가끔씩 엄마는 식은 밥에 쥐약을 섞어 눈에 띄지 않는
집 안 구석에 놓았다. 쥐새끼들은 다 때려잡아야 한다고
밥에 약을 섞으며 엄마는 말했다. 쥐약을 섞은 밥은 예쁜
분홍빛이었다. 이상하게 식욕이 사라지는 색깔이었다. 쥐
약을 먹고 죽은 쥐들은 하수구에 버렸다. 쥐약을 먹고 옆
집 고양이도 죽었다. 고양이는 마대자루에 넣어 멀리 가
서 버렸다. 옆집 아주머니가 고양이를 찾으러 다녔지만
엄마는 말하지 않았다.

　나는 구멍 속에서 쥐와 마주칠까 겁이 났다. 내가 지금
들어와 있는 곳이 다른 쥐의 집일지도 모른다. 이 쥐구멍
을 벗어나야 했다. 쥐구멍 밖으로 얼굴을 내밀자 눈이 부
셨다. 눈이 멀어버릴 것 같았다. 혹시 나는 두더지일까. 급

하게 뒷걸음질했다. 쥐구멍 더 깊숙한 곳으로. 내 모습을
확인하고 싶은데 도무지 확인할 방법이 없다. 손도 발도
얼굴도 보이지 않는다. 계속 뒷걸음질하다보면 꼬리부터
밖으로 나갈 수 있을 것이다. 누가 꼬리를 발견한다면? 잽
싸게 잡아 올려 바닥에 패대기칠 것이다.

언젠가 나와 사촌동생들이 발견한 쥐꼬리. 형체를 알아
볼 수 없는 것이 불에 탄 채로 시커먼 물체가 되어 길가에
버려져 있었다. 꼬리를 보고 그것이 쥐라는 걸 알았다. 사
촌동생이 걷어차서 하수구에 빠졌다.

나는 다시 앞으로 움직여 구멍 입구로 왔다. 주둥이만
내밀고 눈은 감은 채로.

어떻게 해야 하나 망설이고 있을 때 사촌동생들이 울
부짖으며 집으로 들어왔다. 얼굴과 옷에 진흙이 잔뜩 묻
어 있었다. 숙모는 인상을 찌푸리며 수돗가로 데려가 동
생들의 옷을 벗겼다. 빨래통에 옷가지를 집어넣자 빨래통
은 더이상 닫히지 않았다. 저 애들은 늘상 어디선가 맞거
나 때리거나 진흙을 묻히거나 물에 빠진 생쥐 꼴로 나타

난다. 엄마와 숙모의 대화는 사라지고 저녁 어스름이 깔리고 수돗가에서 물소리만 들렸다.

잼은 다 익었을까.

나는 태양이 꺼져가는 마당 한편에 머리를 내밀어보기로 했다. 눈부심은 사라지고 어둠 속으로 몸이 쑥 밀려 나갔다.

넌 또 어딜 갔다가 이제 나타난 거야?

엄마는 화가 잔뜩 난 목소리로 말했다.

엄마 혹시 날 봤어? 내가 구멍 속에 들어가 있었던 걸 알아?

나는 속으로 말했다.

동생들이 맞고 돌아다니는데 넌 무얼 하고 있었던 거냐.

엄마는 내가 어디 있었는지 무얼 하는지 모른다. 엄마는 모르는 게 너무 많다.

사촌동생들이 옆 동네 아이들에게 맞고 돌아왔다고 했다. 나는 아이들 싸움에는 끼고 싶지 않다. 사촌동생들은 고작 일곱살, 여덟살인데 말로 해결할 수 있는 일에도 치고받고 싸운다. 내가 몇살 더 많다고 해서 그 아이들을 말려야 할 이유는 없다. 게다가 말리다보면 몇대씩 얻어맞곤 한다. 숙모는 왜 남자아이만 낳는 걸까. 내겐 여동생이 필요하다. 숙모가 여자아이를 낳았으면 좋겠다.

오후의 마당과 엄마와 숙모의 조용한 대화와 마당을 채우던 단내는 사라지고 너무 많은 목소리들과 소란과 아우성과 웃음들과 울음들과 축축한 흙냄새와 설거지통과 찌꺼기들과 더러운 침구와 한숨이 섞인 잠꼬대와 접힌 밤을 펼치는 쥐들의 찍찍거림이 우리 집을 통과해가는 밤이 온다. 모두가 잠든 밤이 되면 아이들도 쥐처럼 찍찍거린다. 쥐가 내는 소리인지 아이들의 잠꼬대인지 모르는 소리가 밤새 들린다. 쥐들은 찍찍거리며 새끼를 치고 아이들은 찍찍거리며 꿈을 꾼다. 그리고 다시 새벽과 빛이, 봄 여름 가을 겨울이 온다.

그 계절 내내 나는 마당 곳곳을 살펴보았다. 내가 들어가 있던 구멍은 어디였을까. 도저히 쥐가 들어가지 못할 것 같은 작은 구멍들과 썩은 나무가 무너져내리고 벌어진 곳들을 발견했다. 구멍들은 텅 비어 있었다. 나는 아주 작은 생쥐였을까. 나는 어디 있었을까. 이런 일이 처음은 아니었다.

학교를 마치고 집으로 돌아오는 길이면 나는 늘 정해진 길이 아닌 다른 길로 가보곤 했다. 처음 가보는 길로 들어서 걷다보면 모르는 집들이 나왔고 모르는 집 사이를 걷다보면 내가 아는 길로 이어지곤 했다. 각기 다른 크기의 대문들 색깔들 바랜 빛들 철문 나무 대문 대문에 잔뜩 꽂힌 팻말들 우편물 아이들의 울음소리 노인들의 한숨 섞인 푸념들 취한 사람들의 욕설 수돗가의 물소리 어디선가 기름으로 요리하는 냄새 음식이 타는 냄새 대문 없는 집들 빈집의 침묵 마당에 제멋대로 거칠게 자란 풀들 어딘가 무서운 것이 도사리고 있을 것 같은 오후의 냄새 인적이 끊긴 길을 걷다가 대낮의 빛이 고요가 환영처럼 느껴질 때 한적한 골목 안쪽 집에서 들려오는 명징한 피아노 소리 소리를 따라가다가 소리 가까운 곳에 멈춰 서서 소리가 멈출 때까지 서 있는 것. 반쯤 열린 대문 너머 지지 않을 것처럼 만발한 화단의 꽃들을 그림처럼 감상하고 골목을 빠져나와 다시 내가 아는 길을 찾아내는 것. 그러다 나를 알아보는 사람들을 만나면 처음 보는 사람인 것처럼 차가운 눈빛을 보내고 바삐 걷곤 했다. 문득 좋아하는 반 친구를 만나면 가까운 곳에 집이 있기라도 한 것처럼 안녕! 웃고 지나갔다.

하루는 멀리까지 갔다. 모르는 길이 아는 길로 늘 이어졌는데 그날은 계속 모르는 길만 나왔다. 집에서 아주 먼 곳이라는 걸 알았다. 차들만 달리는 도로였다. D시 74km라고 적힌 표지판이 공중에 떠 있었다. 반대편에는 A시 32km라고 적혀 있었다. 무서운 속도로 차들이 쌩쌩 지나갔다. 두 길 중에 어디로 가야 할지 몰라 갓길에 털썩 주저앉았다. 어떤 차가 던지고 간 음료수 깡통에 머리를 맞았다. 왔던 길로 되돌아가야 할 것 같았다. 새로운 길은 나타나지 않았다. 계속 가도 A시나 D시로밖에 못 가는 걸까. 그건 맘에 들지 않았다.

차 한대가 멈췄다. 창문을 열고 남자가 어디 가냐고 물었다. 태워주겠다고 했다. 나는 우리 아빠가 저기 데리러 와요, 말했다. 그리고 저 멀리를 향해 손을 흔들었다. 남자는 두리번거리더니 차를 몰고 가버렸다.

내가 오늘 납치당할 뻔했다는 건 비밀이다. 엄마가 알면 혼날 것이다. 집에서 쫓아낼지도 모른다. 죽은 사람이되면 집으로 돌아가지 않아도 되겠지. 생각하며 학교 운동장에서 모래로 두꺼비집을 짓고 있었다. 그런데 언제 내가 집으로 돌아와 구멍 속에 들어간 걸까. 캄캄한데 엄마가나를 찾는 소리가 들린다. 쥐는 집이 좋을까. 이렇게 작고좁은 집이.

전화벨이 울렸다

또 시체가 나왔다는군.

윤소장이 전화기를 내려놓으며 무심한 목소리로 말했다.

누가 전화했어요?

정순경이 동그랗게 눈을 뜨고 물었다.

이장이 떠나면서 마을 어귀 저수지에 떠 있는 시체를
봤다네.

이장님 가족까지 모두 떠났으니 마을에 남은 사람은 아
무도 없네요. 이제 시체가 나타났다고 신고하는 전화도
오지 않겠죠.

윤소장은 말이 없었다.

확인하러 가야 할까요?

어차피 늦었는데 내일 가도 상관없겠지.

마을에 시체가 나오기 시작한 것은 삼주 전쯤이었다.
김씨의 다급한 전화를 받고 가보니 재 너머 김씨의 고추
밭 고랑에 한구의 시체가 놓여 있었다. 죽은 사람이라고
하기엔 지나치리만큼 평온한 미소를 머금고 있는 노인이
었다. 근방에 살던 고령의 노인들은 대부분 요양원에서
죽음을 기다리고 있었기에 누구도 갑작스럽게 나타난 이
시체의 정체를 알 수 없었다. 주민들에게 수소문해봤지만
모두들 처음 보는 노인이라고 했다. 윤소장과 정순경은
현장 사진을 찍고 시신을 수습했다. K시의 병원으로 보내
야 했지만 전염병 때문에 K시는 봉쇄되었다. 시신은 일단
이장의 농산물 저온창고에 보관하기로 했다. 다음 날 아
침 박씨의 뒷마당 장독 안에서 태아처럼 웅크린 모습의
또다른 노인이 발견되었다. 서너 계절 동안 비어 있던 장
독 뚜껑을 열자 금방 들어가 잠든 것처럼 미소를 띤 노인
이 웅크린 채였다고 했다. 사흘 뒤에는 최씨의 비닐하우

스 싱싱한 토마토 줄기 사이에서 하얀 부활절 달걀처럼 작고 반질반질한 노인의 얼굴이 발견되었다. 그후로도 며칠에 한번씩 한구의 시체가 어김없이 발견되었다. 계곡에서, 아무도 찾지 않은 지 오래된 성당 고해실에서, 폐교 음악실에서, 교회 헌금함에서, 돼지우리 안에서. 동사무소 옥상 위에서, 생각도 못했던 곳에서, 느닷없이, 불현듯, 나타났다. 모두 처음 보는 노인들이었다.

이장의 농산물 저온창고에 시체 일곱구가 들어가자 더이상 자리가 없었다. 조씨도 저온창고를 가지고 있었지만 절대 시체를 넣을 수 없다고 못 박았다. 윤소장은 계속 이렇게 나오면 처벌할 수도 있다고 엄포를 놓았다. 그렇게라도 하지 않고선 도리가 없었다. 여덟번째 시체부터 조씨의 창고에 넣기 시작했다. 조씨의 가족이 가장 먼저 마을을 떠났다. 조씨는 윤소장에게 욕을 퍼부으며 떠나갔지만 다른 이들은 소리 소문 없이 밤새 마을을 떠났다. 자고일어나보면 빈집이 생겨났다.

이제 우리만 남은 것 같군.

민씨의 축사에 소 세마리가 남아 있어요.

소를 두고 가면 어떡해.

하루에 한번씩 들러 사료를 주겠다더니 이틀째 소식이 없길래 오늘 제가 가서 사료를 주고 왔어요. 어차피 박씨네 닭장에 남은 닭 여섯마리도 제가 사료를 주기로 했거든요. 윤씨 아주머니네 콩밭이랑 구씨 아저씨네 텃밭에 물도 줘야 되고.

개와 고양이는 다 데리고 갔지?

네.

그래도 혹시 모르니 내일 마을을 돌며 다시 확인해봐야 겠어.

마을이 이렇게 고요해지리라곤 생각해본 적도 없어요.

이렇게 조용한 마을은 처음이군.

우리만 남았네요.

시체들도 있지. 도무지 이해가 가지 않아. 어떻게 이런 일이.

내일이면 또 어디선가 발견되겠죠.

전화는 오지 않을 거야. 이제 신고할 사람이 아무도 없으니. 우리가 할 일은 이제 없을 것 같군.

우리가 여기 남아 있는 게 무슨 의미가 있을까요.

파출소 안에는 윤소장과 정순경의 한숨 소리만 간간이
들렸다.

죽은 노인들은 이상하리만치 평화로워 보였다. 살인 사
건이라고 하기엔 아무 흔적도 남아 있지 않았다. 그저 자
다가 숨을 거둔 자연사에 가까워 보였다. 도시에서 전염
병으로 죽은 시체들을 누군가 옮겨놓은 건 아닐까 의심도
들었다. 하지만 시체들은 죽은 지 그리 오래되지 않아 보
였다.

그런데 이상하죠? 왜 노인들 시체만 나오는 걸까요?

글쎄, 우리가 모르는 이유가 있겠지.

분명히 요양원과 관계가 있는 것 같아요.

장례업체일 수도 있지.

네, 아무튼 노인들과 관련된 모종의 불법적인 일이 있
었던 게 확실해요.

죽은 사람들이 노인들인 걸 보면 여기서 살해당한 게
아니라 이미 죽어서 이곳에 왔다는 생각이 들어.

그런 것 같아요. 억울하게 죽은 얼굴이 아니었어요.

심지어 나도 저렇게 편안한 얼굴로 죽었으면 하는 생각까지 들던걸.

하지만 죽은 사람은 혼자서 여길 올 수 없으니 누군가 데려왔겠죠.

그게 누군지 찾아야 할 텐데.

천국으로 가는 길이 잠깐 어떻게 된 거 아닐까요? 표지판 방향이 잘못 돌아갔다거나. 아니면 표지판이 바람에 날아갔다거나.

그게 아니라면 천국이 다 차서 새로 오는 사람들을 둘 곳이 마땅찮았다거나.

분명히 지옥은 아니에요.

하느님이 데리고 왔나?

그런데 왜 우리 마을일까요?

여기가 천국 같은 곳이라서?

그건 아닌 것 같은데요. 여기 뭐 볼 게 있다고요.

어차피 산 사람들이 모두 떠나고 죽은 사람들만 남았으니 천국과 별 차이 없을걸.

밖에 바람 소리가 심상치 않네요.

며칠 후에 태풍이 온다더니 벌써인가.

그때 누가 파출소 문을 열고 들어왔다. 여자 셋이었다.

아이들을 잃어버렸어요. 아이들 좀 찾아주세요.

여자들의 눈빛은 불안해 보였고 목소리는 떨렸다.

아이들을 어디서 잃어버리셨죠?

숲에서요.

아니 숲 아래 개울에서요.

아니 개울을 따라 내려오는 길에서.

아니, 어쩌다.

우리 유치원에서 자연체험학습을 왔어요. 숲에 도착해
점심을 먹고 숲길을 걷다가 개울을 따라 집으로 돌아가는
중이었어요.

걷다보니 아이 하나가 안 보여서 그 아이를 찾으려고
우리 둘이서 왔던 길을 돌아가봤지만 아이는 없었어요.

다른 한분은요?

박선생님은 나머지 애들과 그 자리에 있었죠.

그런데요?

결국 못 찾아서 다시 돌아와보니 박선생님도 아이들도 없는 거예요.

저는 개울가에서 애들과 함께 기다리고 있었죠. 그런데 숲에서 아이 목소리가 들려서 저도 모르게 숲으로 뛰어들어갔어요. 잃어버린 유영이 목소리 같아서. 가까이 가서 들어보니 새소리였어요. 황급히 나왔을 땐 아이들은 모두 사라지고 김선생님과 문선생님만 보이는 거예요.

그런데 이걸 발견했어요.

아이들은 없고 아이들의 신발만 잔뜩 발견했어요.

숲이나 개울가, 나무둥치에, 야생동물 표지판 위에, 나뭇가지에, 새 둥지 속에, 벤치 위에 흩어져 있었어요.

여자들은 배낭에서 커다란 쇼핑백에서 잠바 주머니에서 작은 신발들을 꺼냈다. 어깨에도 주렁주렁 달고 있었다.

아이들은 모두 몇명이죠?

열다섯명이요.

혹시 아이들을 발견했다는 신고가 들어오진 않았나요?

윤소장과 정순경은 창고 속 노인들의 얼굴을 떠올렸다.

발견된 시체가 있긴 한데.

노인들이에요. 죽은 노인들.

네? 우리가 찾는 건 노인이 아니라 아이라고요.

그래도 한번 확인해보시겠어요?

윤소장과 정순경은 여자들을 이장의 농산물 저온창고로 데려갔다. 창고를 열자 흰 광목천으로 감싼 노인들이 차례로 누워 있었다. 한 여자는 한 사람 한 사람의 얼굴을 유심히 살폈다.

모르는 노인들뿐인데.

한 여자는 고개를 저으며 두 손으로 얼굴을 감쌌다.

도저히 못 보겠네요.

한 여자는 밖에서 쭈그리고 앉아 아예 창고 안에 들어오지도 않았다.

그러고 보니 노인들 모두 맨발이네요.

정순경은 뭔가 발견한 것처럼 놀란 표정으로 말했다.

세상에 노인들의 얼굴은 왜 이렇게 비슷하게 생겼죠?

윤소장 역시 나란히 누운 노인들의 얼굴이 구분 가지 않는다고 생각하던 참이었다.

제가 아이들 얼굴도 못 알아볼까봐요.

노인들의 얼굴을 하나하나 돌려 보던 여자가 울먹이며 말했다.

그런 말이 아닙니다.

아직 더 있어요.

윤소장과 정순경은 여자들을 조씨의 저온창고에도 데려갔지만 거기도 여자들이 찾는 아이들은 없었다. 여자들은 부둥켜안고 엉엉 울기 시작했다.

죽은 노인들이 왜 이렇게 많죠?

우리도 알 수 없습니다. 갑작스러운 일이라.

윤소장과 정순경이 여자들과 함께 마을을 돌며 빈집들까지 들어가봤지만 아무도 없었다. 일단 파출소에 가서 K시의 본부에 신고하고 명령을 기다리자는 윤소장의 말에 여자들은 고개를 저었다.

아이들은 아무 일도 없을 거예요. 여기 어딘가에 있는 게 분명해요. 빨리 찾아야 해요.

여자들은 울면서 손전등을 들고 숲으로 이어지는 언덕을 빠르게 올라갔다. 윤소장과 정순경이 말리려고 따라가봤지만 여자들은 순식간에 사라졌다.

파출소에 돌아와 문을 열자 전화벨이 울리고 있었다.

윤소장이 전화를 받더니 몇마디를 주고받고 끊었다.

버스를 잃어버렸다는군.

어쩌다가요?

잠깐 내려서 숲에 들어갔다 오니 없어졌다는데.

화장실에라도 다녀온 모양이죠.

누가 버스를 훔쳐가지?

버스를 두고 숲으로 들어간 사람이 더 이상한데요?

또 전화벨이 울렸다.

의자를 잃어버렸다는군.

어디서요?

마을 어귀 느티나무 아래.

아, 그 의자들요? 그걸 누가 훔쳐가죠?

글쎄 아무 쓸모없는 의자들인데.

그걸 훔쳐가는 사람이 더 이상한 걸요.

마을에 아무도 없는 줄 알았는데 전화벨이 계속 울리네요.

사람들이 모두 떠난 게 아닌가봐.

아무도 없는 줄 알았는데.

오늘 밤은 정말 지독하게 이상해.

소장님 이거 혹시 꿈일까요? 아까부터 계속 꿈꾸는 기분이에요.

누구 꿈?

제 꿈이겠죠?

나 뺨 한대만 세게 때려봐.

에이, 제가 어떻게.

둘은 서로를 빤히 보았다.

그런데 하룻밤 사이에 많이 수척해졌군, 자네.

소장님은 그사이에 머리가 하얗게 세셨어요.

우리 혹시 전염된 걸까?

아님 죽은 걸까요?

바람 소리와 구분되지 않는

전화벨이 울렸다.

받을까요. 말까요.

나의 잠과는 무관하게

지구가 망할지도 모르는데 케이크가 무슨 소용이람.

여자는 멍하니 환한 진열장을 바라보았다.

초는 몇개 드릴까요?

여자가 선뜻 대답하지 못하자 점원이 서랍에서 초를 꺼내며 말했다.

많이 꽂으세요. 열개 드릴까요?

여자는 고개를 끄덕였다.

제과점을 나서자 눈이 많이 내리고 있었다. 여자는 불룩한 핸드백을 메고 한 손엔 우산을 다른 한 손엔 케이크 상자를 들고 미끄러지지 않으려고 균형을 잡느라 발끝에 힘을 주고 걸었다. 길가에 사람들이 많았다. 소방차 두대가 연달아 달려가는 것이 보였다. 사이렌 소리가 시가지를 요란하게 울리며 지나갔다. 조금 더 걷다보니 사람들이 웅성거리며 모여 있었다.

목욕탕에 불이 났어요.

여자가 사람들 틈으로 고개를 내밀었지만 소란스러운 사람들의 어깨와 우산들만 보였다. 공중에 시커먼 연기가 가득했다.

다행히 사람은 아무도 없었대요.

여자는 뒤돌아서 다시 걸었다. 버스나 택시를 탈 걸 그랬나 약간 후회가 들었다. 운동화 안까지 축축해져서 평소라면 걸어서 20분 거리였는데 두배는 더 걸리는 것 같았다. 음악을 듣고 싶었는데 케이크 상자와 우산을 내려놓을 마땅한 곳이 없었다. 어딘가에 케이크 상자와 우산을 내려놓아야 핸드백 속 휴대폰과 이어폰을 꺼내고 연결할 수 있었기 때문에 여자는 음악을 듣고 싶다는 생각만으로 계속 걸었다. 목욕탕을 지나 농산물 마트를 지나 아파트 단지를 지나 경로당을 지나 겨우 동네로 접어들자 눈은 조금씩 잦아들었다.

집으로 이어지는 골목으로 들어서자 발자국이 있었다. 발자국은 골목 안으로 이어졌다. 누가 방금 골목으로 들어갔나보다. 누굴까. 골목 안에는 두 집이 있었는데 하나는 여자의 집, 또 하나는 노부부의 집이었다. 노부부는 몇 달 전 요양원으로 들어갔고 집은 팔려고 내놓은 상태였다. 누가 집을 보러 왔나보다. 여자는 알겠다는 듯 다시 걸음을 떼려다 이상한 생각이 들었다. 혼자 누가 어떻게 집을 보러 온 거지? 부동산 중개인과 함께라면 발자국은 둘이어야 하는데. 한 사람의 발자국이라면 집을 보러 온 사람은 아닐 테고 부동산 중개인이라면 혼자서 올 리가 없다. 이 생각에 미치자 여자는 다시 걸음을 멈추었다.

여자는 발자국을 살펴보았다. 아주 크지도 작지도 않아 남자의 것인지 여자의 것인지 가늠하기 어려웠다. 골목으로 들어간 발자국은 있지만 나온 발자국은 없으니 발자국의 주인은 아직 골목 안 어딘가에 있는 것이다.

어린 시절 대문 앞에 서 있던 기억이 떠올랐다. 비가 많이 내리는 날 학교에서 돌아온 여자아이는 대문 앞에서 뭔가 발견했다. 커다란 두꺼비였는데 꼼짝도 않고 닫힌 대문 앞에 서 있었다. 비가 억수같이 쏟아지는데 우산을 쓴 아이는 한참이나 문 앞에 서 있었다. 엄마가 문을 열고 나올 때까지. 여자는 그때처럼 엄마가 골목 안에서 나와주었으면 했지만 지금 여자를 구해줄 사람은 아무도 없다는 걸 잘 알고 있었다.

그저 발자국일 뿐이잖아. 발자국은 금세 지워질 거야. 여자는 마음을 고쳐먹고 골목 안으로 성큼성큼 걸었다. 발자국은 여자의 집과 노부부의 집 사이에서 끊겼다. 여자의 집도 맞은편 노부부의 집도 아니고, 중간에서 끊겼다. 두 집 중 어디로 간 걸까. 여자는 망설이다가 현관문을 열었다. 대문은 여자가 잠그고 나간 그대로였다. 집은 여자가 집을 나설 때와 마찬가지로 조용했다. 거실과 두개의 방과 화장실 세탁실을 모두 샅샅이 살펴보았지만 아무도 없었다. 그제야 여자는 케이크 상자를 냉장고에 넣고 핸드백을 식탁에 올리고 의자에 앉았다. 다시 일어나 창문을 열고 옆집을 봤다. 노부부가 사라진 후 내내 같은 풍경이었다. 마당에서 키우던 개는 사라지고 정성 들여 가꾸던 화단에는 점점 잡초가 무성해지고 감나무에 달렸던 감들이 바닥에 떨어져서 곤죽이 되었는데 그 위로 눈이 쌓여 온통 하얗게 덮였다. 아무도 없었다. 누구였을까. 발자국은.

텔레비전을 켜자 앵커의 무거운 목소리가 들렸다. 혜성이 지구를 향해 오고 있다고 했다. 지구 반대편에서는 빙하가 녹고 있다고 했다. 이상기후 현상이 전세계 곳곳에서 벌어진다고, 이상한 일들이 자꾸만 일어난다고 했다. 새해를 맞이하지 못할 수도 있다고 했다. 오늘은 일년의 마지막 날인데. 텔레비전을 끄자 다시 고요해졌다.

여자는 밤기차에 올랐다. 길게 늘어선 복도를 따라 두리번거리며 좌석을 찾았다. 누군가 창가 쪽 여자의 좌석에 앉아 있었다. 그는 중절모를 얼굴에 덮고 잠들어 있었다. 여자는 잠시 망설이다 그냥 복도 쪽 좌석에 앉았다. 기차는 달리고 불빛이 어두워지고 옆자리의 사람은 곤하게 잠들어 있고 여자는 눈을 감았지만 잠이 오지 않았다. 옆자리의 그는 짧은 머리에 흰색 면바지와 회색 남방을 입고 캔버스화를 신었는데 여자인지 남자인지 알 수 없었다. 얼굴이 보이지 않았다. 모자가 그의 얼굴뿐 아니라 모든 것을 덮고 있는 것 같았다. 여자는 이런 일이 처음이 아니라는 것을 깨달았다. 오늘은 저 모자를 벗겨보고 싶다고 생각했지만 무례한 일이라고 생각했고 꿈에서도 무례한 일을 하면 안 되는 이유에 대해서 생각하다가 잠이 들었다.

다음 날 아침 또다시 눈이 펑펑 내리고 있었다. 지구는 여전히 그대로였다.

대문을 열자 눈 위에 찍힌 발자국이 보였다. 어제 발자국이 사라진 자리, 노부부의 집과 여자의 집 사이에서 시작해 골목 밖으로 나 있었다. 발자국은 어제와 마찬가지로 아주 크지도 작지도 않았고 여자의 것인지 남자의 것

인지 구분이 가지 않았지만 방향만 반대편이었다. 여자
는 우산을 쓰고 그 발자국을 따라 천천히 골목 밖으로 나
갔다. 골목 밖에는 수없이 많은 발자국과 바퀴 자국들이
나 있어서 골목에서 나간 발자국을 찾을 수 없었다. 길 위
에 어지럽게 나 있는 수많은 자국들 위로 눈이 내려 자국
들은 또 조금씩 지워져갔다. 여자는 동네를 벗어나 경로
당과 아파트 단지를 지나 농산물 마트를 지나 불탄 목욕
탕 건물 앞까지 왔다. 건물은 그대로였지만 그을음 때문
에 꼭대기까지 검게 변했다. 여자는 자신이 집 앞 골목에
서 출발한 발자국을 따라가고 있으며 발자국의 주인이 보
았던 풍경을 보고 있는 것이라는 생각이 들었고 발자국의
주인은 여기서 잠깐 멈추었을지도 모르겠다고 생각했다.
목욕탕 건물 꼭대기에 까마귀 몇마리가 앉아 날카롭게 소
리를 질러대고 있었다. 지나가는 사람들이 힐끗 쳐다보
곤 종종걸음으로 바삐 걸어갔다. 길 위에는 체인을 감은
자동차들이 느리게 기어갔다. 어디선가 또 사이렌 소리가
울리고 흩어졌던 사람들이 모여들기 시작했다. 여자는 빠
른 걸음으로 사람들을 피해 제과점까지 걸었다. 갓 구운

빵냄새가 나야 할 제과점은 문이 닫혀 있었다. 제과점뿐 아니라 거리의 가게들 거의 셔터가 내려져 있거나 불이 꺼져 있었다. 도시가 곧 거대한 장례식을 치를 준비를 하는 것 같았다.

여자는 사람들이 많은 중심가를 피해 둘러가는 강변길로 내려와 걸었다. 눈이 다시 내리기 시작했다. 벤치에 잠시 앉아 핸드백에서 이어폰을 꺼내 휴대폰과 연결해 음악을 틀었다. 천변산책로에는 달리기를 하는 사람, 자전거를 타고 달리는 사람, 개를 산책시키는 사람들이 있었고 종말에 대해서는 아무도 생각하지 않는 것 같았다. 모두 모자와 귀마개와 털장갑과 마스크를 쓰고 눈을 맞으며 어제와 다름없는 길을 가고 있었다. 강물은 아직 얼지 않았고 오리 몇마리가 여전히 물속에 머리를 넣었다 빼며 물고기를 잡고 있었다. 여자는 음악을 들으며 천변을 오래 걸었다. 눈 위 발자국이 여자를 앞서 걷고 있었다.

동네 어귀에서 가전제품 수리점을 하는 윤이 사다리 위에서 여자를 보고 손을 흔들었다.

뭐 해요?

페인트칠해요.

눈 내리는 날 누가 페인트칠을 해요?

오늘밖에 시간이 없어요.

페인트가 안 마를 텐데.

어차피 처마 안쪽이라 비를 맞진 않으니까요. 인터넷에 검색해봤어요. 비 오는 날도 페인트칠하는 데엔 문제없대요. 건조에 시간이 좀더 걸릴 뿐이래요.

그렇군요. 조심해요.

여자는 뭔가 더 말하려다 돌아섰다. 윤의 말대로 그는 늘 시간이 없었으니까.

여자는 집 앞에서 벨을 눌렀다. 발자국이 여자보다 앞서 집으로 들어간 것 같았다. 그러나 아무 인기척도 없었고 문을 열어주지도 않았다. 현관문을 열고 집으로 들어간 여자는 머플러를 풀고 냉장고에서 케이크를 꺼내 숟가락으로 퍼먹었다. 초는 켜지 않았다. 내일은 지구가 망할지도 모른다.

여자는 밤기차에 올랐다. 길게 늘어선 복도를 따라 익숙하게 좌석을 찾았다. 누가 창가 쪽 여자의 좌석에 앉아 있었다. 그는 낡은 중절모를 얼굴에 덮고 잠들어 있었다. 여자는 잠시 망설이다 그냥 복도 쪽 좌석에 앉았다. 기차는 달리고 불빛이 어두워지고 옆자리의 사람은 곤하게 잠들어 있고 여자는 눈을 감았지만 잠이 오지 않았다. 옆자리의 그는 행색이 초라해 보였다. 신발과 발목 위로 흙과 이끼가 끼어 있었다. 얼굴은 보이지 않았지만 이상하게도 슬퍼 보였다. 슬픈 사람의 자세로 잠들어 있었다. 모자를 들어 그의 얼굴을 확인하고 싶었지만 무례한 일이라고 생각했다. 옆자리의 사람은 알 수 없는 낮은 소리로 몇마디 잠꼬대를 했다. 무서운 꿈이라도 꾸는지 몸을 뒤척이며 짧은 신음소리도 냈다. 무서운 꿈속에서 그를 구해주어야 할까. 흔들어 깨울까. 여자가 망설이는 사이 모자가 바닥으로 떨어졌다. 곤히 잠든 사람의 얼굴. 모르는 사람이었다. 그의 감은 눈과 코와 입과 뺨은 여기가 아닌 먼 곳에 있는 것처럼 멀어 보였다. 여자는 떨어진 모자를 주워 자신의 얼굴에 덮었다. 아주 깊은 잠을, 아주 오랜 잠을 잘 것이다.

이야기는 당신이 잠든 사이에도

김나영

시인이 소설을 쓸 수도 있고, 소설가가 시를 쓸 수도 있다. 글을 쓰는 사람은 시인과 소설가 외에도 수많은 이름으로 불릴 수 있고, 이름이 불리지 않을 수도 있다. 쓰는 사람이 쓰는 글이 시와 소설 이외의 수많은 이름으로 불릴 수도 있고, 이름이 불리지 않을 수도 있다. 강성은 시인이 등단한 것이 2005년의 일이고 첫 시집『구두를 신고 잠이 들었다』(창비)를 출간한 것이 2009년의 일이니 십수년을 그의 시를 읽으며 지냈다. 아니, 그간 그가 '시'라는 이름으로 발표한 글들을 읽어왔다는 게 더 정확한 말이겠

다. 하지만 이번에 그가 묶은 글들을 읽으면서 인물과 사
건과 배경을 구상하고 그 특유의 간결한 문장으로 이야기
를 풀어내는 그의 능력에 감탄한 것과 무관하지 않게 새
삼 '문학이란 무엇인가' 하는 생뚱맞은 질문을 맞닥뜨리
게 되었다. 여기에 실린 부드럽고도 단호한, 따뜻하고도
차가운 문장들은 힘을 모아 나의 등을 떠밀어 이 생경하
고도 낯익은 물음 앞에 나를 데려다 놓은 것이다.

*

    여기에 묶인 길고 짧은 이야기들은 오래 읽어온 그의 시
들과 어딘가 닮아 있다. 아니, 그의 시 어떤 부분에서 이어
지는 이야기이기도 하고, 또 어떤 부분이 확장된 이야기이
기도 하고, 다른 어떤 부분과 맞닿아서 시와 소설이라고
달리 불리는 두 글의 경계를 지우는 이야기이기도 하다.
이 책은 '시인이 쓴 소설'이나 '소설가가 된 시인'이라는
식의 설명이 이 이야기의 특성과 의미를 조금도 알려주지
못할뿐더러, 그 매력과 가능성을 훼손하고 방해하는 말일

수 있음을 스스로 증명한다. 이 책은 긴 시이고 짧은 소설로서 시와 소설의 구분을 긍정하는 동시에 부정한다. 그렇게 이 책은 이야기의 새로운 존재 방식을 보여준다.

*

모두 열네편의 이야기는 공통적으로 '당신의 현실이 무엇인가'를 묻는다. 우리의 관념과 관습에 기대어 현실과 비현실이 구분되고 현실이 어떻게 비현실적인 상황에 잠식될 수 있는가가 주요한 소설적 상황으로 제시되는 듯하다. 하지만 이런 식의 해석은 이 이야기를 절반만 이해한 것이 된다. 강성은의 이야기들은 일반화된 삶의 기준들, 보편과 객관의 편에서 미리 정해진 관점을 의심하고 거절하는 지점에서 쓰이기 때문이다. 가령 배차 시간표가 무용지물이 될 정도로 외지고 인적이 드문 곳에서 각자의 이유로 해가 질 때까지 집으로 돌아가지 못한 여자들이 오지 않는 버스를 계속 기다리고 있다거나(「버스 정류장」), 종점에서 종점까지 몇번이나 오가며 버스 안에서 조는 여자가 있다면(「겨울 이야기」) 그곳은 어디일까. 그 버스들이 정해진 노선을 따라 운행하는 곳은 지극히 현실적이지만 그런 현실적인 시공에 존재하는 인물들의 태도는 과연 현실적이지 못한가.

강성은의 이야기는 현실과 비현실이라는 이분법을 과감히 포기하고 차라리 그 모든 것이 우리의 삶을 구성하는 크고 작은 부분들이라는 것을 상기하게 한다. 다시 말해 현실의 엄연함이라는 게 있다면 그것을 가능하게 하는 조건은 누구도 자신이 처한 그 현실을 제대로 알 수 없다는 것을 인정하는 태도라고 말하는 게 강성은 이야기의 핵심인 듯하다. 버스는 승객을 잊어버리고, 운전사는 버스를 잃어버리고, 사람들은 길을 잃어버리고, 버스는 사람들이 잊은 길을 달린다. 그 모든 일들이 동시다발적으로, 우리가 알 수 없는 이유로, 알 수 없는 방법으로 일어나고 있다. 버스에서 잠이 들어 계속 종점으로 돌아가는 여자는 이렇게 생각한다. "이런 밤이 처음이 아닌 것 같았다. 반복되는 꿈속에 있는 것처럼"(「겨울 이야기」).

버스는 시간처럼 멈추지 않고 앞으로 나아가지만, 또

한 버스는 어떤 시간처럼 어느 지점으로 거듭 되돌아오기도 한다. 우리는 그 버스에 실려 같은 구간을 계속 돌고 있는 여자를 본다. 여자의 옆얼굴로 서서히 기우는 해와 마침내 캄캄해진 하늘을 상상한다. 여자의 주위로 시간이 흐르지만 여자의 자리는 조금도 움직이지 않았다는 것을 우리는 안다. 이것은 소설 속 여자의 일이자 소설 밖 우리의 일이기도 했으므로. 이렇게 강성은의 이야기를 읽으며 '이런 이야기는 처음이 아닌 것 같았다'고, '반복되는 꿈속에 있는 것처럼' 익숙한 고통과 불안을 느꼈다고 말할 수 있는 것은 여기에 그려진 시공간과 인물이 누군가의 현실도 아니고 모두의 비현실도 아니기 때문이다. 이 이야기는 아무것도 모르는 채 그저 나아가는 삶에 관한 것이다.

*

그러니 이 이야기들은 죽음에 관한 것이기도 하다. 누군가의 삶과 다른 누군가의 죽음은 이어지고, 반드시 생과 사에 관련하지 않더라도 사람과 사람의 연결은 신비하고 이상하다. 갑자기 낯선 노인들의 시체가 곳곳에서 발견되는 마을이 있고, 그 마을에서 아이들이 갑자기 사라지는 기이한 일이 일어난다. 주민들이 대부분 떠난 곳에서 여전히 걸려오는 신고 전화를 받는 파출소에 버스를 잃어버리고 의자가 사라졌다는 전화가 걸려온다. 이렇게 이야기는 다른 이야기와 연결되고, 나타나는 일과 사라지는 일이 동시에 일어난다(「전화벨이 울렸다」). 한편으로는 당장 지구가 멸망한다는 소식을 듣고도 사람들은 불의의 사고 앞에 몰려들고, 죽은 사람이 없어서 다행이라고 말하고 케이크를 사서 집으로 돌아간다(「나의 잠과는 무관하게」).

눈길 위에 내 집으로 향하는 낯선 발자국만 있고 되돌아가는 발자국은 없을 때, 그 발자국이 찍힌 시공과 그것을 보는 시공은 무한히 벌어져 있다고 할 수 있을까. 눈이 내리고, 눈이 쌓이고, 눈을 밟고, 발자국이 찍히고, 찍힌 발자국을 보는 일들이 모두 다른 시간에 일어나는 일이라는 것을 우리는 알고 있지만 현실에서 그 시간들은 거의 겹쳐진 상태로, 명백한 인과관계를 통해서만 하나의 앎으로, 혹은 삶의 내용으로 그것을 받아들인다. 강성은의 이야기는 그 시간들, 하나의 시간과 또 하나의 시간이 이루는 간격을 최대한으로 벌려 결국에는 우리가 어떤 시간이 아니라 시간과 시간 '사이'에 살아가는 일에 대해 상상해보도록 이끈다. 그것은 삶의 편보다 죽음의 편에서, 깨어있을 때보다 깨어 있지 않은 때를 통해서 각자의 경험과 감각을 살려보도록 유도하는 이야기이기도 하다. 분명하게 보고 듣고 말하지 못할 뿐, 모르는 새 우리의 눈과 귀와 피부를 스쳐간 기적이 존재한다. 그렇게 찰나에 미세하게 있었던 것들을 되돌려 주목하고 기억하고 이야기하면서 그것들에게 목소리를 돌려주려는 시도는 물적으로든 심적으로든 죽음에 이른 존재를 되살리는 일종의 소생술처럼 여겨진다.

*

강성은의 이야기에서 사라지는 것과 살아지는 것, 죽음과 삶, 꿈과 깸은 대비되는 말이 아니다. 이들은 서로 연결

되면서 각자 존재한다. 마치 평행우주처럼, 지금 여기의 우리가 볼 수 없고 느낄 수 없고 영영 알 수 없더라도 어느 때 어느 곳에 분명하게 존재하는 게 있다고 믿어보는 일처럼 말이다. 이렇게 그의 이야기는 이렇게 어떤 믿음에서 출발해 그 믿음으로 돌아온다. 그로써 모든 이야기는 애초에 저마다의 삶을 가능하게 하는 믿음에 기반한 상상력에서 쓰인다는 것을 강성은의 이야기는 되짚어준다. 신앙이든 구체적인 대상에 대한 믿음이든 삶은 매 순간 크고 작은 믿음의 힘으로 지탱되고 이야기야말로 그 믿음에 기반한 상상의 증거라는 것이다. 누군가는 상상이 현실의 중력을 벗어나면 벗어날수록, 즉 보편의 현실에서 멀어지면 멀어질수록 그 거리감에 비례해 이야기로서의 영향력이 커진다고 말할 수도 있겠다. 하지만 강성은의 이야기가 보여주듯 상상의 힘은 현실의 세부를 파악하고 끝내 그것의 균열까지를 보아버린 눈이 위태로운 삶의 와중에 갖게 된 어떤 믿음으로부터 발휘된다. 목격한 현실에서 어떤 것을 믿고 거기에 자기를 걸어보는 마음이 없다면 어떤 상상도, 어떤 이야기도 새롭게 쓰일 수 없을 것이다. 모두 똑같은 말을 하게 되거나, 모두 침묵하지 않을 수 있는 이유는 이렇게 현실을 바로 보고 그것을 초월하려는 믿음을 품고 그 믿음에 기반한 상상을 여러가지로 들려주는 이야기가 우리에게 있기 때문일 것이다.

*

지금껏 내가 생각하는 꿈은 현실이라고 부르는 것을 재료로 해서 뭉개지거나 다듬어지거나 뒤집어지거나 엎어지거나 사라지거나 잃어버리는 식으로 존재했다. 하지만 강성은의 이야기에서 꿈은 열아홉번째 죽는 단역배우와 겨우내 벽으로 산 적이 있던 사람의 삶 그 자체다(「겨울 오후 빛」). 서로의 믿음으로만 겨우, 함께 있는 순간만큼 존재하는 삶 말이다.

여기에 묶인 이야기를 읽는 내내 울고 싶었지만 꾹 참고 한 문장과 그다음 문장을 읽었다. 나와 그는 지금 여기, 하나의 세계에 함께 있다고 나는 알고 있지만, 멀지 않은 거리에 놓인 각자의 집에서 각자의 방식으로 늦은 밤까지 깨어 있는 줄로 나는 믿고 있지만 과연 그럴까. 내 믿음만큼 그는 잘 살고 있고, 그의 바람대로 나는 잘 지내고 있는 걸까. 이것을 우리는 서로 어떻게 증명할 수 있을까. 여기 묶인 이야기와 무관해 보이는 그런 질문들이 가슴에 소용돌이치는 걸 막을 수가 없었다. 그러니까 나는 강성은의 이야기들을 읽고 또 읽으면서 그와 영영 이별한 이후의 시간을 당겨 살고 있다는 기분에 사로잡혔다. 그 기분은 너무도 생생한 실감이 되어 나의 어제와 내일을 자극했다. 그의 삶과 나의 삶이 영원히 나뉘질 수도 있을 것이라는 예감이 육박해 왔다. 우리의 삶은 유한하기 때문에 언젠가는 우리가 영원히 헤어지는 날이 올 거라는 걸 모르지 않지만, 그의 문장은 그런 이해와 이해 사이, 어떤 예감의 시간 속에 나를 사로잡히게 했다.

*

「울지 마세요」의 세계에는 조건 없는 사랑을 알게 해주는 반려견이 있고, 개의 말을 번역해주는 기계도 있다. 처

음에 읽었을 때는 가장 단순하게 여겨지던 이 세계의 상
상력은 시간이 지날수록 더 자주 더 강력하게 나의 일상
에 영향을 주었다. 이 세계에서의 반려견은 단순히 개가
아니라 말을 할 수 있는 존재에 대한 비유라고 볼 수도 있
지 않을까. 상대의 말을 최대한 정확하게 이해하고자 하
는 욕망은 사랑하는 모든 이들의 것이기도 하니까. 하지
만 요즘 사람들의 삶의 방식과 거기에 깃든 욕망을 그대
로 옮겨놓은 것 같은 이 세계에는 하나의 함정이 숨겨져
있다. 바로 번역이라는 것. 개의 언어를 인간의 말로 번역
하는 기계는 결국 인간의 관점에서, 인간의 말을 기준으
로 삼아서, 즉 인간의 생각과 느낌과 경험과 기억을 기본
값으로 두고 발명된 것이다. 개가 내는 모든 소리를 일관
된 의미를 가진 '말'로 상정하고 아마도 인간이 파악하고
판단한 상황에 따른 소릿값의 통계에 의해 그 소리들을
인간에게 친연한 방식으로 입력-해석-출력하겠다는 단
순한 사고 자체를 의심해볼 수는 없을까. 결국 이 이야기
는 세상의 모든 소리와 움직임을 의미 있는 것으로, 어떤
이야기로 옮기려는 이들의 시도에 두가지 상반된 대답을

던진다. "말 걸지 마" 그리고 "울지 마세요"라고.

나의 말과 행동뿐 아니라 마음도 읽어낼 거라 믿었던 존재가 나의 의도나 예상에서 벗어나는 생각을 한다는 것을 확인했을 때 나는 거듭 그 상황을 부인한다. 나의 강아지가 막장드라마 때문에, 트라우마 때문에, 호르몬 때문에 '정상'적인 상태가 아니라고 믿으면서. 동시에 자신의 혼란스러운 상태 역시 아픈 강아지의 탓으로 돌린다. 하지만 번역기가 고장 난 거라면? 아니, 애초에 '제대로 작동' 하는 번역기란 없었다면? 자기가 사랑하는 강아지의 말을 들어보려는 사람에게 과연 어떤 소리가 어떤 말로 적절하게 번역될 수 있을까. 이 이야기는 단지 강아지의 소리를 인간의 말로 번역하는 일에 대한 상상으로 쓰인 우화일까.

다시 처음으로 돌아가 강성은의 이야기가 '이야기를 하고 듣는 일', 이른바 문학의 일에 근본적인 질문을 던진다면 어떻게 그러한지를 생각해볼 수 있겠다. 하나의 이야기는 하나의 믿음에 근거한다. 나의 말이 너에게 전해질 수 있다는 믿음, 나의 말에 대한 너의 말이 되돌아올 것이라는 믿음. 한 존재와 다른 존재가 말을 주고받을 수 있다는 믿음, 즉 말을 통해 서로를 이해하고 수긍할 수 있다는 믿음에서 하나의 이야기는 탄생한다. 강성은의 이야기도 그런 믿음을 기반으로 삼아 쓰였겠지만 그의 이야기가 자주 '이상하다'는 말을 시스템 오류 반응처럼 이야기 속에 품는 것은 왜일까. 어쩔 수 없이 믿음이라는 말은 수많은 의심이 생겨나는 사정에도 불구하고 그것에 마음을 걸어보겠다는 일종의 결단에 대한 번역어이기 때문이 아닐까. 이야기가 어떤 믿음에 근거한다고 할 때 이 믿음은 이렇게 단순하지 않은 사정을 포함하는, 어느 긴 밤과 한숨과 눈물과 열망과 체념을 잃/잊지 않고 기억하는 일로서 쓰인다. '말 걸지 마'와 '울지 마세요' 사이에서 기어코 하나의 문장이 생겨난다면 그것은 무엇일까.

*

사람들은 시와 소설을 읽으면서 '문학이 무엇인가'를 고민하지 않는다. 시와 소설이 문학의 전부도 아닐뿐더러

문학의 의미라는 것이 시와 소설을 읽는 일의 전제가 되지 않기 때문이다. 하지만 시와 소설은 현실을 단지 조금 벗어난 자리에서 현실을 되비추는 역할을 한다. 에세이류의 이야기나 시를 읽을 때나 사람들은 저마다의 일상에 비추어, 자신의 경험과 언어를 기준으로 그것을 읽는다. 이야기는 언제나 현재를 지속하는 힘 혹은 믿음과 그것을 의심하는 마음의 사이에서 겨우 쓰이고 읽힌다. 이야기는 현실과 비현실을 구분하는 게 아니라 그것이 다르지 않음을 증명하는 새로운 자리를 열어 보여주고, 믿음과 의심이 대립하는 게 아니라 하나가 다른 하나를 극복함으로써만 가능한 힘이라는 것을 일러준다. 강성은의 이야기는 이야기의 이러함을 새삼스럽게 확인하게 해준다. 별것 아닌 듯한 말들 가운데 누군가의 삶을 통째로 흔들어놓는 말들이 끼어들어 있을 수 있다는 것, 그 말은 누군가의 불면을 통해 쓰이고 다른 누군가의 깊은 잠과 꿈으로 이어질 수 있다는 것 또한 말이다. 언젠가 그런 말을 들은 적이 있다. 이 세계의 내가 울지 않을 수 있는 이유는 다른 세계에 살고 있는 내가 대신 울고 있기 때문이라고. 이 이야기

들이 우리를 어떤 위안과 안심과 깊은 잠의 세계로 안내
한다면 그것은 강성은의 이야기가 어떤 불안과 슬픔과 불
면의 밤에 거듭 쓰이고 있기 때문일 것이다.

金娜詠 I 문학평론가

  여기 실린 대부분의 소설은 지난 여름에 썼다. 지난 여름은 마치 내가 소설 속에, 영화 속에 들어와 있는 것처럼 비현실적이었다. 그것은 아름답다거나 꿈 같은 것은 아니었고 다만 종종 시에서 썼던 이상한 감각들이 내 눈앞에서 펼쳐지는 것이었다. 지나치리만큼 고요하고 텅 비어버린 크리스마스는 작년이 처음이었다. 소리가 멈춘 음악 속에, 진공 속에 들어와 있는 기분이었다. 어떤 소설을 써도 그 밤의 공기를 옮기지는 못할 것 같다. 때때로 믿을 수 없는 일들이 일어난다. 일어나지 않는다. 20세기에서 21세기로 건너온 것도, 그로부터 벌써 이십년이 지났다는 것도, 오늘 우리가 전염병의 시대에 살고 있다는 것도, 여기 실린 소설 속의 인물들도, 우리들의 시간도 믿을 수 없이 지나간다. 지나가지 않는다.

어쩌면 시가 되었을지도 모르는 짧은 이야기들은 소설이 되었다. 소설이라고 생각하고 썼다. 시보다 조금 더 즐겁게 썼다. 왜일까 생각해본다.

이해인씨, 이선엽씨 두분 편집자와 발문을 써준 김나영 평론가, 원고를 처음 읽어준 정란 언니에게 고마움을 전한다. 그리고 지도에 없는 미로 속에 두고 온 소설의 등장인물들에게 더없이 미안한 마음이다.

뒤돌아보며 앞으로 걷고 있다. 어딘가 도착할 것이다.

겨울이 온다.

2021년 11월
강성은

나의 잠과는 무관하게

초판 1쇄 발행 / 2021년 11월 15일

지은이 / 강성은
펴낸이 / 강일우
책임편집 / 이해인
조판 / 박아경
펴낸곳 / (주)창비
등록 / 1986년 8월 5일 제85호
주소 / 10881 경기도 파주시 회동길 184
전화 / 031-955-3333
팩시밀리 / 영업 031-955-3399 편집 031-955-3400
홈페이지 / www.changbi.com
전자우편 / lit@changbi.com

ⓒ 강성은 2021
ISBN 978-89-364-3862-3 03810